제주4·3평화문학상
수상 시집

(제1회~제11회)

일러두기

제주4·3평화문학상은 4·3의 진실과 평화와 인권의 인류 보편적 가치가 문학작품을 통해 발현되기를 기대하며 제주특별자치도가 2012년 3월 제정했고 2015년부터 제주4·3평화재단이 업무를 주관하고 있습니다.

이 시집에는 2013년 제1회부터 2023년 제11회에 이르는 제주4·3평화문학상 시 부문 당선 작가의 작품을 모았습니다. 각 회별 당선작을 포함해 응모작 중에서 각각 7편의 시편을 모아 수록했습니다.

제주4·3평화문학상
수상 시집

한그루

현택훈 　　곤을동

제1회
제주4·3평화
문학상

2007년 《시와 정신》으로 등단.

시집 『지구 레코드』 『남방큰돌고래』 『난 아무 곳에도 가지 않아요』

『마음에 드는 글씨』

동시집 『두점박이사슴벌레 집에 가면』

traceage@naver.com

곤을동

예부터 물이 있는 곳에 사람이 모여 살았지

늘 물이 고여 있는 땅이라서 곤을동

안드렁물 용천수는 말없이 흐르는데

사람들은 모두 별도천 따라 흘러가 버렸네

별도봉 아래 산과 바다가 만나 모여 살던 사람들

원담에 붉은 핏물 그득한 그날 이후

이제 슬픈 옛날이 되었네

말방이집 있던 자리에는 말발자국 보일 것도 같은데

억새밭 흔드는 바람소리만 세월 속을 흘러 들려오네

귀기울이면 들릴 것만 같은 소리

원담 너머 테우에서 멜 후리는 소리

어허어야 뒤야로다

풀숲을 헤치면서 아이들 뛰어나올 것만 같은데

산 속에 숨었다가 돌아오지 못하는지

허물어진 돌담을 다시 쌓으면 돌아올까

송악은 여전히 푸르게 당집이 있던 곳으로 손을 뻗는데

목마른 계절은 바뀔 줄 모르고

이제 그 물마저 마르려고 하네

저녁밥 안칠 한 바가지 물은 어디에

까마귀만 후렴 없는 선소리를 메기고 날아가네

늘 물이 고여 있는 땅이라서 곤을동

예부터 물이 있는 곳에 사람이 모여 살았지

현택훈

풀베개

이제 옛날 집은 없는데

그 집 주소로 가끔 편지가 와요

해마다 편지를 부치는 그 마음 모르지 않지만

주소 불명의 편지로 떠도는 구름들은

너무 따뜻해서 이래도 되나 싶어요

해마다 봄꽃은

낯익은 소인 찍힌 편지이고,

삐걱삐걱 비파나무가 있던 자리에

봄인데 눈이 내려요

엎드려 울 수 있으면

어디든 풀베개 아니겠어요

일곱 살 엄마가

우편함 속에 웅크리고 있어요

와야 한다면

편지봉투 속에 꾹꾹 담아주세요

무릎에 묻었다 얼굴 드는

민백미꽃을 오늘 받았어요

옛날 옛적 머쿠슬낭

옛날 옛적 머쿠슬낭 아래에서 잠들었다
구릉 위에서 따뜻하니 무서웠다
일본에서 일하다 반송장으로 돌아온 육촌 당숙은
벽에 직산한 채 돌아가셨다는데
그 나무는 꽤 먼 곳에서도 보여
물결 위 그림자처럼 흔들렸다
가까이 가면 먼 친척 같아서
서먹거리며 지나다가도
조무래기 나의 수령을 얕잡아본
희영희영 하르바님
스산한 바람소리를 내기도 했다
그 나무 열매로 염주도 만들었다는데
나무의 고향은 인도 히말라야 어느 산속이라지
근처는 숲과 무덤이 섞이어 자라는 곳이라서
우리에겐 놀기 좋은 시간이었다
그곳에서 여우, 토끼, 호랑이 등을 불러모았다
나는 주로 환자가 되었는데
동무들은 나를 죽였다가
살렸다가 죽였다가 살렸다
그러니 그곳은

현택훈

우리가 만든 서천꽃밭이었다
마을 삼춘들은 영험한 말들을 곧잘 했고
우리는 그들의 바람대로 자라거나
수틀리면 도망쳤다
우리가 주워온 돌 중에는
사람 모양을 닮은 것도 있어서
햇빛 잘 드는 곳에 미륵불인 양 좌정했다
내창에서 뱀을 잡은 후부터
몸에 허물이 잘 생겼고,
할머니는 윤동지 영감당에 가서
치성을 드렸다 그해 영국 귀신이
내게 보낸 행운의 편지를 받았다
기세등등하게 흉흉한 이야기를 퍼트리다가
백 년도 되기 전에 맥을 못 추었지만
소중한 사람 꽤 많이 앗아갔다
산을 오르면 점점 바다와 가까워지는 섬
비바람이 치면 천방과 함께 지축을 찾아
지리부도 너머 사막을 건너
부루마불 무인도에서 낮잠을 잤다
가끔씩 머쿠슬낭이 하얀 꽃이불을 덮어주었다

지상의 우편함

걱정 말라는 말은 걱정될 때 하게 된다
주소는 사라졌는데 녹슨 우편함이 아직
남아 뒤늦게 오는 소식들을 거념한다
본적 주소를 통장 비밀번호로 쓰듯
주소는 비밀스럽게 기억하는 것
살아 있는 동안 어떤 소식은
나뭇가지에 걸려 흔들리고,
또 어떤 소식은 끝내 받아보지 못하지
그런 소식들만 모아도 이 우편함이야말로
늙은 가수의 그레이티스트 히트 앨범이야
마음을 흔들고 가는 동무구름이
하얀 편지봉투 같은데
주소는 가끔 물에 번져 눈물범벅이었고,
마음잡고 살다 보면 찬장에 함박눈이 쌓였다
시린 발로 따라오는 추신
같은 잔향을 음미하며 악보를 써내려갈 뿐
새집으로 쓰면 좋겠다는 얄팍한 술책도 부려본다
주민센터에 가서 주민등록 등본을 떼면
주소는 든든하면서도 졸린 곳이지
밤의 우체부가 있어서 보내는 사람이

현택훈

불분명한 소식이 도착한다고 여기는
휘파람을 불러보는 집
내가 이 우편함으로 받은 마지막 편지는
그늘 같은 편지지에 꽤 또박또박 쓴 글씨가
서정이 만만한 나를 유인했다
이 집이 매스컴을 탄다면
심야 라디오 사연 정도일 거라고
그것도 아주 드문 일일 거라고
그렇게 무슨 의도인지 모를 말을 하고
덧붙이는 말도 없이 끝났다
붙잡은 손만 덩그러니 남은 것 같은

남수각

제주에선 왜 하천을 내창이라고 하는지
남수각에 가면 알게 된다
갈린 배에서 흘러내린 창자 같은 내창이
성문 밖으로 흐르고 있다
몸이 아픈 사람도 아픈 사람이지만
삶이 아픈 사람들이
남루한 바람의 집성촌을 이룬 동네
신주소로는 중앙로이지만
중앙이라고 하기엔 너무 멀리
변두리에 물러나있는 사람들
계단이 많은 동네에선
무릎처럼 아픈 것이 많아서
작고 낡은 대문 앞에 서면
녹슨 세발자전거 옆에 엎어진 세숫대야
살림살이가 다 보이는 집이며
흐린 날에 빨랫줄에 널어둔 아가양말이며
동문시장 바닥에 버려진 물이
흘러드는 내창 옆으로 계단을 올리고
배수구로 사용하는 플라스틱 파이프관이
밖으로 나와 있는데 몇은 끊겼다

현택훈

난리 때 인민유격대장 유골이

빗물에 떠내려간 하천

몰살당한 일가족이 저녁이면

보안등 불을 여귀의 바람으로 지피는가

헐린 집 마당엔 봄이면

광대나물이 슬픈 군락을 이루고

대처로 간 자식은 소식이 없고

골목에 붙은 창문에선 종일 텔레비전 소리만

무슨 신호를 보내듯이 어디론가 송출되고

천국과 더 가까운 그곳

모퉁이를 돌 때마다 옆구리가 아파온다

고지서 한 장 없는 우편함엔

푸른 녹이 파도 소리 바람에 귀가 젖고,

돔베고기

늦은 저녁의 동문시장 식당
약한 불로 오래 삶은 수육을 도마 위에 올려놓는다
강한 불보다 약한 불이 오래갈 수 있다는 것을
그때는 왜 몰랐을까
강하게 나가려고만 했다가 타버렸던 온기들
칼끝이 둥근 칼로
김이 모락모락 나는 수육을 섬벅섬벅 썬다
칼끝을 뾰족하게 해서 서로에게 상처를 주던 날들은
또 얼마나 많았던가
이제 그 상처 위에 따뜻한 살점을 얹어주자
고향에선 잔치가 있으면 돼지를 잡았지
마루에 놓고 간 잔치고기는
마을 사람들의 따뜻한 체온이었지
이제 그 따뜻한 마음을
이 도시에선 만지기 어려워
지친 하루가 끝나면 가끔 여기 시장골목에 찾아들어
돔베고기에 소주를 주문하는 것이다
가슴 속으로 만지는 돼지고기는
외할머니댁 뜻뜻헌 아랫목 같아부난

현택훈

영주식당

삼동을 먹고 우리는

입속이 까마귀처럼 까매져서 까악까악 웃고

뱀딸기를 먹고

눈초리를 위로 올리고서 뱀처럼 혀를 낼름거리고

놈삐 서리해서 풀밭에다 슥슥 닦아 먹고

까마귀밥은 까마귀가 먹고

따뜻한 밥은 할아버지가 먼저 잡수시고

생일이면 국수를 먹고

잔칫날엔 성게국 멩질엔 빙떡과

지름떡을 먹고 푸른 바다를 가른

옥돔을 먹고 한라산 바람을 마시고

어른이 되니 소주 이름도 한라산

이젠 산을 통째로 마시고

술 취해 휘청거리면

옛 생각에 눈물도 나지만

내 배를 따뜻하게 해 준 건 제주도

섬 하나를 다 먹었네

그래도 제주도는 더 먹으라며

밥 한 사발 더 뜨는 큰고모 같아라

"한라산 한 병 더 줍서양"

현택훈

저는 화북바다에서 유년 시절을 보냈습니다. 어른이 되어 다시 뒤늦게 찾아간 잃어버린 마을 곤을동은 쓸쓸한 풍경이었습니다. 그 후 저는 별도봉 산책로 따라 그곳에 자주 가서 마을 이곳저곳을 돌아다녔습니다. 걷다 보면 어느새 아픔 이전의 평화로운 마을이 보이는 환상에 젖곤 했습니다. 다른 분도 그러하시겠지만 4·3시는 혼자 쓰는 시가 아닙니다. 그때 목숨을 잃은 영혼들이 시 속에 녹아듭니다. 제주작가회의를 비롯한 제주 문인들을 통해 저는 많은 것을 배우고 느꼈습니다. 제주 작가 선배 문인들이 제주 역사를 생각하며 펼친 문학에 누가 되지 않도록 저도 열심히 제주를 느끼며 제주 속에서 제주를 노래하겠습니다. 4·3의 국가추념일 지정을 기원합니다.

현택훈

응모작품 123명의 667편 중 예심을 거쳐 본심에 올라온 시는 10명의 작품 67편이었다. 심사 방식을 논의한 끝에 심사위원 각자가 세 사람의 작품을 선정하고 중복 선정된 작품들을 중심으로 검토하는 방식을 취했다.

우선 본 상이 제1회 제주4·3평화문학상이라는 점을 중시하지 않을 수 없었다. 물론 반드시 4·3을 형상화한 작품이라야 한다는 것은 아니지만 본상의 제정 취지에 맞게 4·3의 정신만큼은 살아 있는 작품이라야 한다는 점을 주목한 것이다. 물론 다른 작품들 속에서도 4·3을 형상화한 작품이 눈에 띄었으나 시적 긴장의 측면에서 다소 아쉬움을 남겼거나 시적 감동이 부족한 시, 상투적인 비유로 인해 참신성이 상대적으로 떨어진 시는 제외하는 방식으로 심사에 임했다.

네 사람의 작품으로 압축되었을 때의 느낌은 이 정도의 작품이라면 전국적인 공모 수준에서 결코 뒤지지 않을 수작들임을 확인할 수 있었다는 것이다.

그러나 차분한 언어 구사에도 불구하고 시적 긴장감이 부

현택훈

족한 작품이 있었고 지나치게 소재주의에 매몰된 나머지 언어의 타성에서 헤어나지 못하는 작품도 눈에 띄었는가 하면 언어 구사 능력은 돋보였으나 주제의식과 방향감각이 모호한 작품이 있어 다시 논의에 들어가 고심 끝에 두 사람의 작품으로 압축시킬 수 있었다.

우선 「헛묘」라는 작품은 시적 완결성의 측면에서는 돋보이는 작품이었다는 평가와 아울러 지나친 자기 검열로 인해 시상의 전개가 평면적이며 그로 인해 안타깝게도 시의 확장성의 관점에서 아쉬움이 남는다는 결론에 이르렀다. 한 가지 더 안타까운 것은 「헛묘」와 비교했을 때 「돌멩이의 꿈」 정도를 제외하고는 다른 작품들과 질적 편차가 눈에 두드러진다는 점을 들지 않을 수 없었다. 그럼에도 불구하고 4·3을 문학적으로 형상화하려는 노력이 돋보이는 만큼 앞날을 기대해도 좋을 듯하다는 결론을 내릴 수 있었다.

심사위원들은 오랜 논의 끝에 당선작으로 「곤을동」을 선정했다. 우선 역사적인 소재를 시화하는 데 있어서 소재주의에 매몰되지 않고 있다는 점, 시적 정서에 걸맞은 가락이 시 속에 애잔하게 술렁거리고 있다는 점을 높이 평가했다.

그리고 자기 주변을 일상의 언어로 시화하는 능력과 시의 확정성이라는 측면에서 앞으로의 가능성을 예감할 수 있는 시라는 점에 주목했다.

특히 「곤을동」을 제외한 나머지 시편들에서도 높은 수준의 시적 성과를 갖추고 있다는 점이 눈에 들어왔다. 이를테면 「얼음나라」, 「마을제」 등의 시편들은 결코 당선작에 뒤지지 않는 수작으로 평가할 수 있으며 「돔베고기」, 「영주식당」
에서 보여준 절제되어 있으면서도 적절하게 구사하는 제주
어의 시적 형상화 능력은 시의 감칠맛을 한층 더 느끼게 하
고 있다는 판단을 하게 되었다.

전체적으로 보았을 때 제1회 제주4·3평화문학상 제정 정
신에 가장 근접한 시로 「곤을동」을 선정하기에 이르렀다.

심사위원: 김수열, 김준태, 백무산, 신경림, 이시영

현택훈

박은영

북촌리의 봄

2014

제2회
제주4·3평화
문학상

2018년 《문화일보》, 《전북도민일보》 신춘문예로 등단.
제2회 천강문학상 시 부문 수상.
시집 『구름은 울 준비가 되었다』 『우리의 피는 얇아서』
peykor@naver.com

북촌리의 봄

한 여인의 젖을 아이가 빨고 있었다

말 못하는 어린 것의 울음이 서모*에서 부는 바람소리 같았다

핏덩이를 등에 업은 어미의 자장가가 들리는 듯한데

젖몸살을 앓던 아침, 붉은 비린내가 퉁퉁 불어 마을을 떠돌아다녔다 새들이 총소리를 물고 둥지로 날아갔다 소란스런 포란의 방향, 꽃을 내준 가지가 동쪽으로 기울었다

그것은 서쪽에서 해가 뜰 일

서모에서 부는 바람소리가 말 못하는 어린 것의 울음 같았다

뚝뚝, 지는 목숨들 사이

아이는 나오지 않는 젖을 한사코 빨아대고 있었다

어미를 살려내려는 필사적인 몸부림,

그 힘으로 동백꽃이 피고

젖 먹던 힘을 다해 봄이 오고 있었다

* 서우봉.

박은영

견치(犬齒)

세상 밖으로 뚫고 나오는 동안, 내 몸이 모두 닳았다

남은 건 송곳니 하나

몽당연필보다 작은 조각이 되기까지

나의 살과 뼈와 침묵을 깎아내 그날의 문장을 써내려갔다

불러도 대답 없는 이름이여,

갈겨 쓴 날들을 모두 지워내도 지우개 가루처럼 흔적이란 남는 것이다

한 시대를 받아쓴 가릿당동산 동녘밭*에서

이제, 나를 증명할 길은

오직 송곳니뿐

쥘 수 없이 작아진 나는 동백의 향기를 치근에 이어 붙인다

내가 여기 있었음을 기록하는

단단한 증거

낮달 하나가 치통을 앓듯 뾰족하게 돋아난다

* 제주4·3사건 유해발굴터.

박은영

파종

- 진옥*을 위한 노래

달구질 소리**가 그치지 않았다

어허 달구야 달빛이 내려와 꾹꾹 밟아 다지도록 이랑이 들썩거렸다

혹자는 세상을 걷어차는 태동이라고 했다

먼저 뿌린 씨는 들짐승의 몫이 되거나 허공의 과녁이 되고 협재 바다 건너 물먹은 별과 이름 없는 바람의 기척이 되었다

무덤의 경계는 지면이 아니다

땅속 깊이 묻혀도 죽은 목숨이 아니고 하늘 아래 다녀도 산목숨이 아니었다 그 무엇이 되어서라도 기필코 자라날 지상의 일

심장에 뿌리를 내린 발아의 징조,

태어나리라

태어나리라

꽃을 피우고 향기로운 살내를 퍼뜨리는 계절

양수가 터졌다

이제, 어둠의 탯줄을 잘라야 한다

불카분낭*

한 날 한 시에 숯검정으로 표시된

불의 지도,

그 길에서 타지 않고 생존한 것은 몸뚱이 없는 바람뿐이
었다 한 시대가 포악의 춤을 추며 공중으로 치솟아 날뛸 때,
그늘은 바닥의 연음으로 곡을 했다 짐승 피 같은 불길 속,
선흘곶으로 피난한 별의 방언이 들렸다

살암시민 살아진다**

해독할 수 없는 날들이 나무의 중심을 돌고 돌았다 탄내
를 품은 나이테,

까맣게 탄 사람들이 무너진 돌담을 세우고 지붕을 올렸다
살암시민 살아진다, 주먹으로 가슴을 쳐댈 적마다 재가루가
몹시도 흩날렸다

속 불을 끄듯 비는 내리고

마당의 잿물이 씻겨 내려가기를 여러 해, 불탄 가지에서
싹이 돋았다 푸른 지도를 펼쳐든 선흘리,

　되찾은 봄날

　다시는 잃어버리지 않을 것이다

*　제주4·3사건 당시 조천읍 선흘리 마을의 전소로 인해 함께 불탄 나무의 이
　명이다. 마을이 재건되자 '불에 타버린 나무'도 기적처럼 새순이 돋아 살아
　났다고 한다.
**　'살다보면 살아진다'는 제주어.

　　　　　　　　　　　　　　　　　　　　박은영

어우늘*

옛 터의 재를 모읍니다 불카분낭**에 고인 검은 빗물 받아 반죽을 합니다 잘 이긴 그날을 둥글게 굴려 돌담을 쌓고 정주석에 긴 숯 세 개를 걸쳐 놓습니다

먼 길 마실 나간 아버지가 탄내를 풍기며 돌아오기 전에,

통시를 짓고 흑돼지 울음을 풀어놓습니다 재투성이 해가 수시로 드나들 수 있도록 그슬린 자리에 통창을 냅니다 잃어버린 마을을 지킨 나무로 기둥을 세웁니다 귀틀을 짜고 바람벽을 만들고 반죽덩이 뚝 떼어 물 항아리를 빚습니다

검게 탄 별들이 다시는 목마르지 않을

겹집의 구조,

헛산***에 새로 돋은 억새풀을 엮어 지붕을 올리고 풍채를 덧댑니다 이제, 불티같은 날들은 들이치지 않을 겁니다 마지막 남은 반죽으로 만든 아궁이, 검은 굴뚝에서 연기가 피어오릅니다

노부의 귀가를 기다리는 초저녁

정주석 숯 한 개를 뽑아 가만히 내려놓습니다

<hr>

*   제주4·3사건 당시 전소된 마을.
** '불에 타버린 나무'라는 뜻의 제주어.
*** 헛묘, 시신이 없는 가묘.

박은영

백년초

붉은 혹을 키웠다

아무리 달래도 멈추지 않는 울음 주머니,

옴팡밭*은 한여름에도 마르지 않았다

혹을 키우는 동안

목마른 별과 까맣게 탄 그림자와 부리 없는 새의 행렬이
이어지고 저녁의 주름은 한쪽으로만 깊어졌다

망자를 기억하는 각도

태양의 바깥에서 가시가 자라는 시간이었다

백년을 살아도 끝나지 않을 진통

무거워지는 주머니

생장점이 검게 타버린 가시자리마다 저승꽃이 피고

따끔따끔,

악몽이 익어갔다

* '오목한 밭'이라는 뜻의 움팡밭은 4·3사건 당시 최대의 인명 피해로 기록된
  1949년 1월 17일 북촌대학살 현장의 한 곳이다.

박은영

단추

우리 삼촌은 첫 단추를 잘못 끼웠어요 그때, 총부리가 옆구리를 찔러댔거든요 단추공장*에 가야 한다고요 서귀포 공장은 문을 닫은 지 오랜데

소라껍데기로 단추를 만든다고 했어요 단추를 귀에 대면 파도소리가 들린대요 금방 올 거라는 말을 남긴 삼촌은 손을 떨며 마지막 단추를 채우지 못했죠 첫 단추를 잘못 끼워 남는 구멍이 없었거든요 우스꽝스런 그날을 걸치고 공장으로 간 삼촌

애먼 기다림만 단춧구멍을 들락거리고,

나는 잘못 끼운 그날을 생각해요 다시 차근차근 단추를 여밀 수만 있다면 옷을 잘 입은 삼촌이 내 이름을 부르며 돌아올지도 몰라요 열일곱 살의 그림자를 펼쳐놓은 보름, 단추 하나가 밤하늘에 달려 있습니다 천년이 지나도 벗겨지지 않을 어둠의 외투,

단추를 잘못 끼워 우스꽝스러운 건

우리 삼촌인데,

왜 자꾸 세상을 보면 웃음이 날까요

* 제주4·3사건 당시, 학살하기 전 사람들을 집단으로 수용했던 곳이다.

박은영

이번 공모전을 준비하는 동안 참 많이 아팠습니다. 제가 몰랐던, 무지하여 알지 못했던 사실들로 인해 가슴을 치며 울었습니다. 새벽에 가슴 통증으로 일어나 거울을 보니 감자알만 하게 멍이 들어 있었습니다. 그 멍 자국은 공모를 준비하는 내내 사라지지 않았습니다. 이 땅을 밟고 사는 게 참 많이도 부끄러웠고 까닭 없이 흐르던 지난 눈물들 또한 죄스러웠습니다.

얼마나 아프셨습니까. 얼마나 몸서리치게 무서우셨습니까.

아직도 캄캄한 동굴 깊이 숨어 있을 분들의 손을 잡고 함께 밖으로 나오고 싶었습니다. 세상에서 가장 긴 밤을 아침이 오도록 동행해 드리고 싶었습니다. 이젠 괜찮다고, 걱정하지 말라고, 다시 봄이 오고 동백꽃이 피었다는 말씀을 전해드리고 싶었습니다.

세상엔 왜 이토록 가려진 것들이 많은지, 한 문장 한 문장 시를 통하여 세상에 알리고 싶었습니다. 잃어버린 마을과 잃어버린 이름과 잃어버린 지난 시간을 되찾아드리고 싶었습니다. 그 간절함이 조금이나마 전해진 것 같아 참으로 감사한 마음입니다.

부족한 저를 믿고 선해주신 신경림, 이시영, 김준태 선생님 진심으로 감사드립니다. 그리고 예심 심사위원님들께도 머리 숙여 감사를 드립니다. 저를 서른여덟 해 동안 마음 아프게 품고 계시는 부모님, 평생 갚지 못할 눈물의 새벽기도로 제가 여기까지 걸어올 수 있었습니다.

제주4·3사건 희생자, 그리고 유족 여러분, 앞으로 제주 4·3을 알리는 시인이 되겠습니다. 나의 아버지였고 어머니였고 할머니와 삼촌, 이웃이었던 분들과 다시 재회할 수 있도록 징검돌 같은 시를 쓰겠습니다. 어느 자리에 있든지 이와 같은 역사가 되풀이되지 않기를 바라며 새벽 기도문을 작성하듯 시를 쓰겠습니다.

봄감자를 수확하는 손처럼 정직한 시인이 되겠습니다.

박은영

박은영

　예심을 거쳐 본심에 올라온 작품은 응모자 아홉 분의 110 편이었다. 전체적으로 의욕적인 작품들이 많아서 반가웠다. 올해로 비록 2회째를 맞이했지만 '제주4·3평화문학상'에 대한 문학인(문학지망생 및 기성문인)들의 관심이 높아가고 있다는 것은 여러모로 의미가 있어 보였다.

　특히 '제주4·3'에 대한 문학적 노력들이 살아나고 있는 것 같아 옷깃을 여미며 심사에 임하였다. 어제의 역사가 시·소설을 통해서 다시 숨을 쉬게 된다는 것은 오늘 그리고 내일의 삶(역사)과 문학에도 생산적인 에너지를 불어넣어주는 효과를 가져다주기 때문일 것이다. 제주4·3은 변방의 역사가 아니다. 6·25한국전쟁을 전후하여 한국현대사의 또 하나의 중심에서 제주4·3은 중좌하고 있는 것이다. 예컨대 제주4·3을 거치지 않고 한국현대사에 대한 숙제를 통과할 수 없기 때문이다. 한반도 남쪽 바다 한가운데에 떠있는 '제주'는 4·3 이후 문제적 '다중심의 하나'로서 작동하고 있는 오늘 우리가 당면한 모습의 일면이기도 하다.

이것은 역설이지만 그런 의미에서 제주(제주4·3)는 한국문학에 중요한 모티브와 오브제, 그리고 테제와 안티테제를 어떤 책무처럼 두루 제공하고 있는 것은 아닐까 하는 생각이다. 바로 그러한 생각을 하면서 '제주4·3평화문학상' 응모 작품들을 심사한 결과, 좋은 작품들을 만날 수 있었던 것은 더없는 기쁨이었다. 테크닉 수사법에 의존하여 괜히 길어지는 '컴퓨터시'를 응모한 몇몇 작품을 제외하고는 전체적으로 일정 부문 수준을 유지하고 있었다. 따라서 응모자의 시편을 가지고 작품성, 작가정신(시인정신), 미래전망 등을 고려하면서 심도있게 심사함은 당연한 것이었다.

본심에 올라온 아홉 분 중에서 마지막까지 남은 응모자(작품)는 다음과 같다.

▲「수산에 들다」, 「옛날, 옛날 썩은 섬에서」 외 8편의 시가 손에 잡혔다. "알돌과 밑돌이 서로에게 닳아가는 소리"(「수산에 들다」) 표현은 화자의 시선이 '발견의 눈'을 가지고 있어 섬세하고 아름다운 시적 감흥을 불러일으킨다. "썩는다는 것은 어디론가 몸 바꾸는 일" 등의 아포리즘 기법을 넣어 노래한 강정마을의 이야기는 가작이었다. 「수산에…」 등을 응모한 이의 나머지 작품은 시적 긴장감이 떨어지고 어떤 시는 너무 평이하게 소재주의에 빠져 있었다. 사물에 대한 치열성이 더해지면 시로서 성장할 수 있을 것이라는 기대를 주는 응모자였다.

▲「붉은 감나무 사원」 외 23편의 시가 다음으로 손에 잡

박은영

했다. 그러나 「붉은…」을 제외하면 응모자의 의욕과는 달리 시적 긴장감이 덜했다. 실패한 작품은 없는데 거의 모든 작품이 고만고만한 수준에 머물러 있었다. 한 송이 꽃이 피는 데도 천지(하늘과 땅)가 움직인다는 사실을 터득한다면 그렇게 시가 쉽게 씌어지는 것은 아닐까 싶다. 이 응모자는 어떤 매너리즘(타성)에 빠져 있어서 사물을 보는 시선이 한곳으로만 고정된 듯한 느낌을 주었다. 그러나 이 응모자의 시에 대한 견결한 성실성은 다른 응모자들에 비하여 장점으로 보였음은 사실이다.

마지막으로 ▲「북촌리의 봄」, 「견치(犬齒)」, 「어우늘」, 「작은 뼈」, 「파종」, 「순이삼촌」, 「백년초」 등을 선보인 이의 시 작품이 제2회 제주4·3평화문학상 응모자(응모작품)들 가운데서 단연 군계일학이었다. 제주4·3을 이만큼이라도 아픔과 사랑으로 혹은 눈물(힘)을 가지고 시로 노래한다는 것은 결코 쉬운 일이 아닐 것이로되, 이 응모자의 시작품은 우선 전체적으로 '날것'이 아니면서 읽는 이의 마음에 누군가의 살(肉)이 낯설지 않게 닿는 듯한 그런 느낌을 주었다. 시를 노래하는 사람이 제주4·3(한국현대사)을 혈육의 슬픔(시의 힘)으로 소화하고 육화하고 있다는 것이 예의 시편들 곳곳에서 확인되면서 가볍지 않은 감동과 함께 시적 성공을 거두고 있다.

슬픔을 슬픔으로 노래하기보다는 그 슬픔을 '버텨내고 이겨내는' 것을 이 응모자는 자신의 견결하면서도 젖은 음색(봄비와 같은)으로 노래를 부르고 있다는 것은 이번 제주4·3평화문학상의 수확으로 여겨진다. 「견치(犬齒)」, 「어우늘」, 「작은 뼈」도 만만치 않은 작품이었으나 「북촌리의 봄」을 수상작으로 올려놓는다. 제주4·3의 제노사이드(집단학살) 현장이기도 한 북촌리(혹은 너븐숭이)의 그날이 선연하게 되살아나고 있는 이 시의 마지막에서 1948년 그해 제주4·3은 이렇게, 오늘의 우리들에게 현현한다. 가을과 겨울이 아닌 봄으로. "뚝뚝, 지는 목숨들 사이/ 아이는 나오지 않는 젖을 한사코 빨아대고 있었다/ 어미를 살려내려는 필사적인 몸부림,/ 그 힘으로 동백꽃이 피고/ 젖 먹던 힘을 다해 봄이 오고 있었다"

결론적으로 이번 당선자의 작품은 제주4·3평화문학상의 취지에 가장 들어맞는 응모작으로 생각되며 전편이 분노와 회환으로 가득찬 메시지를 강하게 전달하면서 큰 울림을 준다. 특히 「견치」나 「파종」은 시적 완성도도 힘을 잡을 수 없을 만큼 높다. 시적 대상 앞에서 절대 흥분하지 않으면서 비극적 실화(實話)를 '함묵의 예술'로 승화시키는 데 성공하고 있어서 심사위원들의 눈길을 오래 붙잡았다.

당선작 「북촌리의 봄」 응모자에게 축하드리며 앞으로 더욱 낮은 모습으로 거듭날 것을 믿는다. 한라산도 가장 낮은 곳, 바다 저 깊은 밑바닥에 뿌리를 두고서야 솟아있지를 않는가! 제주4·3문학상에 응모한 여러분의 건필과 건승을 빈다.

심사위원: 김준태, 신경림, 이시영

45   박은영

최은묵

무명천 할머니

2015
제3회 제주4·3평화 문학상

2007년 《월간문학》, 2015년 《서울신문》 신춘문예로 등단.

수주문학상, 천강문학상 수상.

시집 『괜찮아』, 『키워드』, 『내일은 덜컥 일요일』

ing2879@naver.com

무명천 할머니*

할머니 얼굴에는 동굴이 있죠, 동굴은

쇠약한 바람의 입

고장 난 피리처럼 구멍에서 침식된 총소리가 쏟아져요

해풍이 불 때면

바람의 말을 새로 배우느라

밤새 빈병 소리를 내던 할머니

바닷물이 턱에 머물다 가면

정낭 올리듯

동굴 입구를 무명천으로 감싸야만 했어요

저 흰 천은 누굴 위한 비석인지

얼굴에 백비 동여맨 채 바다를 읽는

무명천 할머니

파도가 절벽을 적시듯 침을 흘려요

침은 닦지 못한 비명

숱한 어둠이 동굴에 터를 잡을 때마다

남몰래 뜰에 나와 달빛을 채워 넣었죠

수명을 다한 빛이 녹슬고

완성되지 못한 낱말들 진물처럼 떨어지면

새 무명천 꺼내 빗장을 걸던 할머니, 혼자 떠나요

바람의 언어를 중얼거리며

동굴 벽 짚고 떠나요
이제 동굴은 메워지고 피리소리는 멈추겠지요
잃어버린 턱을 채우려는 듯
월령리(月令里) 백년초가 바람의 말 속삭이면
할머니, 무명천 벗고 가시처럼 다녀가겠죠

* 故 진아영 할머니는 제주4·3 당시 경찰이 쏜 총에 턱을 잃었다. 이후 2004
  년 생을 마감할 때까지 50여 년을 얼굴에 무명천을 두르고 살았다.

최은묵

그림자 마을

봄이, 흑백으로 왔다

우물이 입을 벌려 가지를 핥을 때마다 꽃잎이 떨어졌다

봄으로 가는 뱃길이 죄가 되는 까닭을 땅속에서 찾아야
하는 사람들

이유도 모른 채 지워진 길은 그래서 어둡다

돌담 틈에 박힌 겨울이 제 그림자를 삭풍처럼 쪼는,

색 잃은 사람들이 모여 사는 마을

우물 위로 겁먹은 꽃잎들 떠다닌다

흑백의 봄이 지나면 삼촌은 털모자를 벗고 곤줄박이가 될
수 있을까

꽃배가 돛을 펴는 선흘리 우물가엔

아무렇지 않게 동이 트고

숨비나무 또 흰 꽃이 피고

최은묵

쓰다듬다

- 백조일손지묘(百祖一孫之墓)*에서

내일이 칠석날입니다

어느 게 당신의 무덤인지 몰라

빗돌 그림자에 신발을 맡겼습니다

문득 당신의 발 모양이 아득하여, 실은

웃는 얼굴이 그러하여

심장을 열고 작은 연필을 꺼내 듭니다

발가락부터 신발을 채워

왼발 오른발 모두 그리다 보면

오름에서 길 잃은 당신

땅을 딛고 일어나 이 신발 신으시겠죠

낮이 아직 길어

흐물거리는 살로 뼈를 덮고 지내는 내가

살아 당신을 만나는 내일, 아침부터

오작교 입구에 무릎 꿇고 엎드려

신발로 당신을 찾겠습니다

한날한시에 뼈가 엉켜 하나가 되었으니

백서른둘 어느 게 당신의 자리인지 몰라

얼굴은 내일 저녁에 그리렵니다

손수건은 미리 준비할 테니

당신,

빈 신발이 젖기 전에
조금 일찍 걸음 하세요

* 서로 엉킨 유골을 구분할 수 없어서 함께 모아 묘를 만들어 억울한 죽음을
  추모할 수 있도록 만든 곳.

최은묵

돌하르방의 꿈

퇴화된 날개를 갖고 태어난 나는 불타버린 다랑쉬굴의 바위였거나 동굴 속에서 질식해 죽은 아이의 무릎

입이 닫힌 나는 자식들에게 말하지 못한 채 굳어버린 섬의 언어

몸 가득 딱딱한 소리를 뱉으려 종일 몸뚱이 해지도록 땅을 물고 기어

껍질이 벗겨지고 입술이 열리면 뼈만 남은 소리에도 수의를 입힐 수 있을까

이제 음복의 시간

땅을 벗어난 아우성은 어느 계절로 돌아가는지

구르고 치이며 살아온 나는 피난 가지 못한 노부의 손에 들린 감자였거나 등 돌린 채 굳어버린 섬의 눈물

발바닥 낙인에서 이끼를 떼어낸다

잃어버린 이름에도 돋을볕이 들게 응달을 벗고 소리를 비우고

일 배 재배

까마귀 오기 전, 봄을 쌓지 못한 제단 앞에, 빗돌처럼, 엎드린 채

맨도롱 또똣해사 살아집주 맨도롱 또똣해사 살아집주*

* 세상살이도 봄같이 따뜻해야 살아진다.

최은묵

서귀포우체국에서

내 손등의 문신은 화염의 표식입니다

피부를 뚫고 가계를 파열한

꺼먼 총성

수십의 계절이 지나면서

반흔(瘢痕)에도 주름이 돋고

여전히 육지는 멀기만 합니다

뭍으로, 내 손을 보냅니다

세월이 몇 겹으로 접히도록 나는

당신이 화약 냄새 짙은 장갑을 벗고

먼저 손 내밀어 주길 기다렸습니다

불탄 집터 뒤로

덩그렇게 대나무만 남은 고향 마을이

느닷없이 역사가 되는 동안

우리는 서로 다른 미로를 더듬었습니다

주름지고 못난 손이 아버지를 꼭 빼닮았다고 합니다

당신, 아직도 주먹을 쥐고 있나요

핏빛 문신 감추고 살지 않았나요

유전처럼 흉터를 대물림할 수 없어

아버지 대신 악수를 청합니다

내 손을 받아 든 당신이 서둘러 찾아온다면

섯알오름에 올라 억새를 한 움큼 따오렵니다

그러니 빈손으로 찾아와

손 내밀어 주시겠습니까

최은묵

헛묘

영문도 모른 채 떠났던 옛집

문패뿐인 빈집에는 종일 굶은 바람이 앉아있었다
부엌은 닫혔고 방문 틈에선 흙냄새들이 기어다녔다
오후에 사람 몇 찾아와 문패를 닦고 갔다
각진 몸으로 우직하게 주인을 기다리는 문패
볕을 수확하지 못한 빈집 지붕은
초저녁부터 산그림자가 차지해버렸다
낯선 사람에게 목이 묶여 끌려간 강아지는 돌아오지 않았다
돌담 곁 풀잎이 바스락거릴 때마다 환청처럼 강아지 울음
소리가 들려왔다
오래전 나는 아침에 뜨던 달처럼 지워졌다
옛집의 문패는 나를 알아보지 못했다
기다리던 가족들, 하늘 훤한 땅에 집 한 채 새로 지었으니
등 굽은 땅에 내가 없더라도
내 아이들 함께 모여 맘껏 서러워할 수 있겠다

속 빈 땅을 지키는 돌비석이 헛묘를 쓰다듬는 밤
지워진 사람을 찾으러 별들이 내려오기 시작했다

미리 붉다

바닷바람에 기억을 널고 풀에 누웠다

멈춤이란 체온이 소멸된 나이

잊고 싶은 일 다 잊지 못해 동백은 미리 붉다

그때 섬이 운다

발자국을 잃은 울음에도 너테가 끼고

빈방에 남긴 분절된 유언은 아직 짜다

꽃비 내리던 그해 봄도 동백처럼 붉은 문이었을까

열린 꽃잎마다 체온들 알몸으로 걸어 나오는 곶자왈 동백숲

빈방 주름에 누워 애기동백 붉게 잔다

끊어진 봄 물어오려 동박새 날아간다

최은묵

동굴에 울린 총성은 아직 멎지 않았습니다. 눈물도 화석
이 될 수 있다는 걸 알았습니다. 어느 눈물은 서둘러 동백꽃
으로 피기도 하였습니다. 그렇게 67년이 흐르는 동안 '순이
삼촌'도 '지슬'도 제주의 상징이 되어버렸습니다.

역사는 스스로 숨을 쉬는 혼입니다.
물길을 비틀어도 제 길을 되찾아 흐르는 물처럼 모든 역
사는 결국 올바른 모습으로 살아남는다는 것을 압니다.

다랑쉬굴에 묻었던, 정방폭포에 흘려보냈던 역사는 결코
제주를 떠나지 않을 것입니다. 이제는 붉은 섬 제주의 깊은
상처를 함께 치유해야 할 때입니다. 되돌릴 수 없는 참혹한
과거 앞에 누가 먼저랄 것 없이 모두 함께 고개를 숙여야 합
니다. 죄 없이 희생당한 영령들의 가슴에 진심으로 용서를
구해야 합니다.
다행스러운 것은 이 땅 곳곳에서 늦게나마 제주의 아픔을

알고 느끼는 사람들이 늘고 있다는 사실입니다.

'제주4·3평화문학상'을 통해 용서와 화해의 길을 펼친 제주의 가슴에 가만히 귀를 댑니다. 아픈 역사를 돌아볼 수 있게 해준 제주특별자치도와 제주4·3평화재단에게 감사드립니다.

총성을 가린 채 일생을 사신 '무명천 할머니'를 비롯해 4·3 피해자와 그 유가족께 위로가 되기에는 시 몇 편이 너무나 부족합니다. 하지만 심사위원들께서 선해주신 작품이 평화로 향하는 작은 디딤돌이 되었으면 좋겠습니다.

앞으로 '제주4·3평화문학상'이 화해와 상생 그리고 평화의 통로가 되기를 소망하며, 숙연한 마음으로 역사 앞에 섭니다.

살아남은 자들의 뜨거운 눈물이 응어리진 제주의 심장을 모두 녹이는 그날, 꽃 진 자리마다 늦은 봄이 찾아올 것이라 믿습니다.

최은묵

최은묵

문학은 새로운 것을 찾아내는 것이 아니라 이미 존재하고 있고 누구나 알고 있는 것에서 새로운 의미를 발견하는 것이다. 바람이 불고 꽃이 피는 일은 전혀 새삼스러운 일이 아니다. 어제도 불었지만 오늘도 불고 있는 바람에, 지난 봄에도 피었지만 다시 피고 지는 꽃에 한 발 다가서서 이미 낯익은 것들을 낯선 눈으로 바라보는 것이 문학이고 시다.

제3회 제주4·3평화문학상 시부문 공모에는 90명이 쓴 1,026편의 시작품이 제출되었고 예심을 거쳐 그 가운데 11명의 작품이 본심에 오를 수 있었다. 한 사람이 10편 이상의 시를 제출했으니 본심에는 백 편가량의 작품이 우열을 가리게 된 것이다. 전년도에 비해 응모한 작품의 수가 늘어난 것을 보면 제주4·3평화문학상이 아직까지는 미미하다 할지 모르겠으나 해를 거듭할수록 더욱 발전하리라 기대해 본다.

제주4·3평화문학상 운영 조례에 의하면 '인권 신장, 민주 발전, 평화 증진'이라는 단서가 제시되어 있다. 다시 말해 작품의 문학적 완성도만을 평가의 잣대로 삼는 문학상과는 구분됨을 의미하는 것이다. 바로 여기에 심사의 곤혹스러움이 있다. 자칫하면 단서 조항에만 급급한 나머지 문학성을 소홀히 할 수 있고 혹은 그 반대일 수도 있기 때문이다. 그런데 막상 본심에 들어갔을 때 그러한 염려는 단지 기우에 불과했음을 알 수 있었다. 물론 일부의 작품은 운영 조례의 단서 조항과 거리감은 있어도 작품의 완성도 측면에서 빼어난 작품도 눈에 띄었지만 결과적으로는 문학의 보편성과 제주4·3평화문학상이 지니는 특수성을 두루 갖춘 작품을 얼마든지 만날 수 있었다는 점이다. 읽는 즐거움과 아울러 선택의 곤혹스러움이 여기에 존재한다. 특히 예년에 비해 작품의 수준이 고루 높아졌다는 것은 본 상이 지니는 의미와 가치가 그만큼 높고 심대하다는 것을 의미하고 있을 뿐만 아니라 본심에 오른 몇 사람의 작품은 한 권의 시집으로 묶어 세상에 내놓아도 손색이 없을 정도의 수준이었음을 이 지면을 빌려 밝혀두고자 한다.

본심에 오른 11명의 작품을 대상으로 심사에 들어가 논의 끝에 두세 명으로 압축시킬 수 있었고, 다시 논의 끝에 한 사람을 선정하여 그중에 한 편을 추려내는 심사에 들어갔다. 두 작품을 가지고 고민한 끝에 앞에서 언급한, 본 상이 지니는 특수성과 문학의 보편성을 보다 내실 있고 옹골차게 담아내고 있는 작품으로 「무명천 할머니」를 시부문 당선작으로 선정할 수 있었다. 물론 '무명천 할머니'를 내용으로 하는 기존의 작품이 적지 않음을 모르는 바 아니나 그러한 이유가 심사에 영향을 끼쳐서는 안 된다는 생각이다. '무명천

최은묵

할머니'를 다룬 기존의 시들이 할머니의 생애를 중심으로 바라보고 있다면 이번의 당선작은 할머니의 신산한 삶을 바탕으로 제주의 4·3과 제주의 바람과 제주의 바다를 제주의 가락에 담아 잔잔하면서도 끝이 살아 있는 언어로 녹여 냈다는 점을 높이 샀다. 올바른 의미에서의 기념비적(記念碑的)인 문학이란 이런 작품을 두고 하는 말이 아닐까 한다.

당선자에게는 축하의 박수를 보낸다. 언어의 날줄과 씨줄을 엮는 동안 당선자가 감내한 시간의 깊이에 경의를 표한다. 아울러 제3회 제주4·3평화문학상 시부문에 용기를 내고 작품을 주신 분들에게 따뜻한 격려와 함께 작품을 읽는 동안 고맙고 행복했음을 밝힌다.

심사위원: 고은, 김수열, 김정환

김 산

로프

2016

제4회
제주4·3평화
문학상

2007년 《시인세계》 신인상.

2016년 《부산일보》 해양문학상.

2017년 김춘수시문학상.

시집 『키키』, 『치명』, 『활력』

kjk8950@naver.com

로프

공중의 바람은 한시도 그대로 머무는 법이 없다
붙들린 기억 저편으로 얽매이고 달아났다 이내,
방치하고 짓무른 거리의 흙 알갱이들을 토해냈다
13년간 복직을 위해 뛰어다닌 관절염은
헛기침 소리에도 소울음을 게워냈고
욕설처럼 들이밀던 탄원서는 침묵의 목도장만
시뻘건 일수를 찍어댔다
끝까지 몰려본 사람은 안다
눈 덮인 산기슭에 놓인 덫을 알고 있으면서도
외길로 쏜살같이 뚫고 나가는 산짐승은 안다
배낭에 생수 몇 통을 聖水처럼 짊어진 조성옥 씨는
지상 50미터 철강회사 굴뚝 위로 올라갔다
나선형의 계단을 징검돌처럼 한 생 한 생 밟을 때마다
죽지 위로 날개가 파닥거렸다
경계와 경계 사이에는 금을 긋는 법이 없다
땅은 땅이면서 하늘은 하늘 그대로를 담고 있다
굴뚝의 몸뚱어리가 후끈 달궈진 쇠근육처럼
매일같이 조여왔다, 휘어졌다
장미보다 들국을 좋아하는 눈이 파란 아내, 코넬리아는
배낭에 울음을 담고 로프를 묶고 있다

대롱대롱 매달린 배낭이 출렁이며 경계를 넘을 때
그는 순간 놓아버리고 싶다는 생각도 들었다
그동안 자신을 동여매고 산 한 올의 가닥은 무엇이었을까
백만 원 남짓의 서정적인 급료와
선술집에서나 통할 법한 철강 대기업의 명함 한 장
아니다 결코, 그건 아니다
웃자란 수염을 쓰다듬고 지나가는 공중의 바람이
지난날, 그가 배포했던 굴뚝 아래 뒷굽들의
치우개선 유인물처럼 세상의 길가 구석구석까지
낮게 낮게 손짓하고 있었다

바람이 제법, 쌩쌩하다

김 산

붉은 억새

소총에 맞은 수십 구의 이름 없는 주검들이

검붉은 피를 흘리며 구덩이로 쓰러지고 있었다

몇은 아등바등 잡초를 쥐고 기어 올라왔지만

뾰족한 죽창이 가슴팍과 어깻죽지를 찌르곤 했다

하르방 위에 아방이 그 위로 삼촌이 포개져서

겨울잠 자는 비암처럼 똬리를 틀고 드러누웠다

수습되지 못한, 비문도 없이 절명한 슬픔이,

당집의 대竹를 저녁 내내 춤추게 했으리라

밤이면 붉은 저녁놀에 물든 억새가 끄억 끄억 울었다

먼 육지에서 불어온 바람이 억새의 살을 비비고

검정 고무신 속의 발가락뼈들을 할퀴며 지나갔다

무덤가에 다시 자란 억척스러운 이 땅의 붉은 새들

서우봉 공중 위를 비잉 비잉 날갯짓하다 돌아온

불멸의 넋들이 탐~라 탐~라 무덤가에 자라고 있었다

김산

옛이야기

옛날 옛날, 아주 먼 옛이야기를 해주랴
한라산의 용암이 부글부글 끓던 시절
그러니까, 호랑이 담배 피던 그 시절
왜놈들 물러가고 눈물로 찾은 고향인데
애국열사 하르방들 만세 부르다 먼 곳 가시고
어떻게 다시 돌아온 따뜻한 내 고향인데
콜레란지 염병인지 온갖 잡병들이 판을 치고
바람 잘 날 없어 곡식도 고갤 꺾는데
발에 차이는 건 숭숭 구멍 뚫린 돌뿐이라,
차마 오도독 베어 먹지 못하고
에헤라! 빈 하늘에나 던져보고
데헤라! 깊은 바다에나 던져볼 뿐이었지
돌아오는 건, 포승줄과 시뻘건 연좌의 낙인
참다 참다 참다못해 한라산이 폭발한 거지
가만히 있으면 열불에 천불이 나서
그 옛날, 바람과 돌뿐이 없던 참세상 그리워
뜨거운 가슴팍 풀어헤치고 울분을 쏟은 거지
살아도 산 목숨이 아닌 마을 사람들이
으샤으샤 일어나 사람답게 한번 살아보겠다고
죽을 각오로 만장으로 붉은 꽃을 피운 거지

옛날 옛날, 아주 먼 옛이야기란다

겨우 백 년도 지나지 않는 어느 남도의

거짓말 같은 옛이야기를 또 누구에게 들려주랴

김산

잠녀

옴팡밭 구덩이에 총을 맞고 쓰러진 여자의 배는

죽어서도 하늘을 보지 못하고 모로 누워있었다

부표를 껴안은 것처럼 퉁퉁하게 불러있는 여자의 배에서

머구리배의 희미한 엔진소리가 들리는 듯했다

마지막 물질을 하듯 있는 힘을 다해 허우적거렸지만

흙먼지 풀풀 날리는 허방 속으로 더 깊게 침몰할 뿐이었다

꾸물거리는 배 위에 식어가는 손바닥을 가만히 대자

태아는 물속에서 둥둥 뜬 채로 작은 손바닥을 마주 댔다

여자의 숨은 아득한 등대처럼 시나브로 멀어지고 있었다

작은 두 팔을 벌린 태아가 자꾸만 바다를 껴안는지도 모
르고,

제주소년

구멍 난 문풍지 속으로 바람이 찹니다
나는 마당의 작은 돌멩이들이
더 작은 돌멩이들을 쓰다듬으며
여기서 저기로 뒹구는 소리를 듣습니다
속눈썹 길어 눈이 항상 촉촉한 황구가
닭처럼 목을 빼고 해를 보며 기지개를 켭니다
나보다 늦게 일어난 적 없는 과부댁 울 어멍
오늘도 부뚜막에 물 한 그릇 떠놓고
손금이 닳도록 공손하게 손을 비비는 새벽
한 번도 본 적 없는 액자 속의 아방도
어린 내 머리를 따뜻하게 쓰다듬습니다
쪽빛 파도가 남색 크레파스보다 더 새파란
모슬포로 모슬포로 새벽 댓바람 맞으며
울 어멍, 통통통 머구리배 타러 떠납니다
머리에 하얀 수건 두르고 바다로 가는 울 어멍
먼저 온 아방 갈매기와 새끼 갈매기가
벌써부터 포구의 하늘 위에서 손을 흔듭니다
어린 나는 자고 일어나면 눈을 비비고
서랍 위의 소라껍데기를 작은 귀에 갖다 댑니다
한 손엔 망사리 한 손엔 갈갱이 든 울 어멍

김산

작은 파도에도 철렁 철렁 가슴 쓸어내리는 소리

가만히 가만히 들으며 너른 바다를 껴안습니다

지슬*

서우봉 기슭 위로 눈이 내리고 있었다

내린 눈 위에 또 눈이 내리고

그 눈 위로 어린 고라니 한 마리가 뛰어 지나갔다

흐트러진 발자국 위로 모락모락 피어오르는 온기

눈보다 하얗고 뜨거운 고라니의 命

토실한 지슬 몇 알이 파묻혀 있을 것만 같았다

죽기 전에 꼭 맛보고 싶은 어멍의 냄새였다

딱 한 알, 입김을 호호 불어 베어 물고 싶었다

사내는 어젯밤부터 말문을 닫은 박과 최의 주검 옆에서

도무지 펴지지 않는 그들의 때 절은 주먹 앞에서

김산

동상이 걸린 발가락을 부여잡고 눈처럼 울고 있었다

야트막한 동굴 지붕 위로 밤새 눈이 내리고 있었다

이 세상을 죄다 하얗게 물들일 것처럼 내리는 雪 위의 目

어멍의 젖가슴처럼 보드랍고 따뜻한 지슬 한 알이

북촌리 동굴 전체를 거대한 궁륭으로 부풀리고 있었다

* '감자'의 제주어.

황금 뼈들

유채꽃 황금들녘, 지천으로 휘날리는 4월
쌍쌍의 신혼부부들 사진 찍기에 정신이 없다
유채꽃 사이로 언제부터 길이 나있던 것인지,
어느 누가 최초로 이 길을 낸 것인지,
하하호호 웃음소리 좀처럼 그치지 않는다
그 꽃길, 자분자분 걸으며 수없이 다짐했을
젊고 푸른 희망과 단단한 언약들이여!
그 꽃길, 걷다보면 자갈도 나무토막도 아닌 것이
시커멓게 발길에 툭 걸리는 무언가가 있다
구릉 속에서 혼비백산한 열다섯 해사한 소녀가,
혼례를 보름 앞둔 선량한 마을 청년이,
유채꽃 황금들녘으로 저의 몸을 숨기러 뛰어들었으리
현기증이 날 정도로 아스라한 그 꽃향 맡으며
등허리에 총탄이 박힌지도 모르고
꽃 속으로 꽃 속으로 이슬처럼 하나가 된
자갈도 나무토막도 아닌 이름 없는 뼈들
오늘도 이름 없는 뼈들이 가녀린 유채꽃을 흔들고 있다
세상에서 가장 낮은 자세로 허방에 미끄러진 뼈들이
황금으로 제주의 4월을 지키고 있다

김산

  사랑하는 사람을 천국으로 보냈습니다. 지병도 없이 잠
을 자듯 사랑하는 사람은 하늘로 올라갔습니다. 연락을 받
고 홀린 듯 장례식장에 가는데 눈물이 비가 오듯 줄줄 흘렀
습니다. 접수대에 앉아있으니 그녀가 생전에 말했던 지인들
을 다 만날 수 있었습니다. 발인을 하고 화장을 하고 추모공
원에 안치하고 집에 돌아와 꼬박 이틀 동안 잠이 들었습니
다. 긴 잠에 깨어 멍하니 있는데 당선통보 연락을 받았습니
다. 기쁨보다는 함께하지 못한 안타까움에 머리채를 쥐었습
니다. 이 문학상은 그녀가 보내준 위로와 격려의 토닥거림
일 것입니다.

  금번 제주4·3평화문학상을 준비하면서 근 한 달을 제주
생각에 빠져 살았습니다. 그동안 살면서 제주도에 갈 일이
몇 번 있기는 했지만 그때마다 일이 생겨 한 번도 가보지 못
했습니다. 그런 저에게 제주도는 미지의 섬이었습니다. 시
를 쓰기 위해 사건일지를 검토하고 동영상을 통해 그날의

아픔을 마주하면서 큰 충격을 받았습니다. 특히, 제주4·3의 아픔을 담은 영화 '지슬'을 보며 인간과 인간의 관계에 대해 그리고 삶과 죽음에 대해 다시금 고민하게 되는 고마운 경험을 했습니다.

여러 곳에서 진행된 집단학살의 잔혹한 현장보다는 개별적 아픔에 대해 이야기하고 싶었습니다. 개인의 슬픔이 모여 공공의 역사가 되고 그것들이 제주를 넘어 인류의 인권이 된다고 믿습니다. 다시금, 이름도 없이 비극의 역사 속으로 사라진 수많은 피해자들과 유가족 분들에게 깊은 애도를 드리고 싶습니다. 비록 지금은 차디찬 땅에 묻혔지만 이 땅의 역사는 영원히 기억할 것이고 언제든 우리들의 마음속에서 명명백백 살아 숨 쉴 것이라고 생각합니다.

졸편에 손을 들어주신 고은 선생님, 김순이 선생님, 김정환 선생님과 재단의 관계자 여러분께 깊은 감사를 드립니다. 정신이 한 올 한 올 살아있는 낮은 자세로 세상을 더듬는 시를 쓰도록 일심으로 노력하겠습니다. 그리고 어머니, 아버지! 시 쓴다는 핑계로 그동안 자식 노릇 하지 못해 죄송합니다. 조금이나마 위안이 되신다면 더할 나위 없겠습니다. 마지막으로, 천국에서 웃고 있을 나의 사랑, 은하 씨에게 손을 흔들고 싶습니다. 편히 쉬어요! 꼭 다시, 만납시다! 그럽시다!

김산

김산

문학은 고통의 깊이를 파는 데서 그치지 않고 반드시 그 깊이를, 깊을수록 아름다운 미래 전망의 씨앗으로 전화한다. 당선작 「로프」는 기존의 숱한 추모와 달리 과거와 현재의 문제를 잇는 역동적이고 긴장된 마디, 행들을 갖추고 있다. 첫 두 행은 거의 저돌적이다.

> 공중의 바람은 한시도 그대로 머무는 법이 없다
> 붙들린 기억 저편으로 얽매이고 달아났다 이내,

이 긴장의 마디가 전편에 잠복하여 시의 수준을 끌어올리는 광경은 장관이라고 하지 않을 수 없다.

> 시뻘건 일수를 찍어댔다
> 끝까지 몰려본 사람은 안다
> (…중략…)
> 나선형의 계단을 징검돌처럼 한 생 한 생 밟을 때마다

죽지 위로 날개가 파닥거렸다

경계와 경계 사이에는 금을 긋는 법이 없다

(…중략…)

대롱대롱 매달리는 매달린 배낭이 출렁이며 경계를 넘을 때

이 시의 마무리는, 당연히, 의미심장하게 느긋하다.

처우개선 유인물처럼 세상의 길가 구석구석까지

낮게 낮게 손짓하고 있었다

바람이 제법, 쌩쌩하다

4·3에 대한 추도가 너무나 자연스럽게 흘러 마침내 제주
도의 노래에 이른, 끝까지 아쉬웠던 경쟁작이 있었음을 일
러둔다. 가령, '돌무더기를 용케 비집고 들어온 햇살에 눈이
쓰리다 졸음이 퀴퀴하게 번져가는'으로 시작되는 그의 「빌
레못굴」은 오늘날의 제주도의 노래라 불러도 무방할 것이
다. 우리는 당선작의 긴장이 그 노래의 가락마저 그 이상의
아름다움으로 승화시킬 것을 기대해보기로 했다.

심사위원: 고은, 김순이, 김정환

김산

박재우

검정고무신

2017

제5회
제주4·3평화
문학상

2023년 《상상인》 신춘문예로 등단.

제26회 신라문학대상 외.

choinamju@naver.com

검정고무신

어린 동생이 끌려가던, 길이었다

따라오지 말라고 눈물로 던진, 길이었다

여기다, 여기다 하며 두려움이 떨어뜨린, 길이었다

누이가 주워 가슴에 품고 가는, 길이었다

견우와 직녀가 만난다는 칠석날,
까마귀도 총소리에 숨죽인, 길이었다

섯알오름에서 노을이 핏물처럼 흘러내리는, 길이었다

땅 밑에서 고구마가 굵어지고
땅 위에서 고구마 꽃이 자줏빛 울음을 터뜨리는, 길이었다

누이가 터져 나오는 울음을 손으로 막고
초경을 앓던, 길이었다

동생에서 누이에게로 흘러내린 붉은 핏줄기가

상모리(上慕里) 불타는 골목마다 비린내를 몰고 가는, 길이

었다

　　　　　　　　　　　　　　　　　　　　박재우

동정귤

살아도 사는 게 아니라는 생각일 때

광령리 동정귤 보러 가지, 거기

3백 년 하루같이 뿌리내려 사는 동안

뭇 처녀들 동백꽃 같은 입술에 입 맞추며 즐겁게 놀고,

뻐꾸기 소리 앞세워 숨어든 흑룡만리(黑龍萬里) 같은 근육

그늘 가려주는 일로 둥치를 키운 나무 하나 있지

그 나무 아무도 오지 않는 밤이면 달빛 앞세워

들숨날숨 새근새근 잠자는 돌담길 걷다가

애월 앞바다까지 가서 파도소리에 퉁퉁 부은 발 씻으면

나도 가만히 그 곁에 앉아 손그릇 만들어 모래알 담아보지

여기, 쓰러지고 일어서는 화산암 같은 사람들

몸속 두루마리에 하나하나 적어놓고, 꺼내 읽으면

그 소리 듣다가 언제 잠들었는지 몰라 좋아라

기역니은 글자도 모르면서

오직 가슴으로만 받아 적어놓은 이름들,

몸의 절반이 분서갱유처럼 불탄 화상자국 말고

절반만 남은 아픈 몸으로 꽃피우고 맺은

노랗고 탱탱한 열매 쑥 내밀어줄 때

그게 눈물에 영근 세월 아니냐고

그이 앞에 엎드려 엉엉 울다가

새콤달콤한 그 모유, 엄마 젖처럼 실컷 빨아먹으면
달포쯤 돌아갈 곳도 까마득히 잊혀 좋아라
나 죽고 3백 년 뒤에도 꼭 나 같은 놈 여기 찾아올 생각에
혼자 키득대기도 하면서

박재우

양복천 할머니

할머니의 눈 속엔 심장을 잃은 아이가 살죠

울면 죽은 듯 잠든 그 아이 아랫목 젖을까

눈 감으면 어둠에 갇혀 길 잃을까

당신은 함부로 눈물도 흘리지 못하고

뜬눈으로 밤을 지새워야 했지요

눈 속에 저장된 길은

수십 년 가도 끝이 없는 길인데

어쩌나요, 어쩌나요, 그 길 함께 가자는 말

함께 아파하자는 말

누구에게도 하지 못했죠

이 환한 대명천지(大明天地) 같은 세상

부르르 떨던 그 아이에게 보여주려고

늘 홀로 먼 길 떠나는 당신

옆구리를 뚫고 지나가는 총탄의 아픔도 잊어요

동백꽃 피면 그 붉은 꽃길을

바람 불면 조천 앞바다 푸른 물결을

눈 속 깊은 곳, 불타는 마을로 부치면

어머니, 어머니, 그 아이 마지막 말

다시 살아나는 소리에

당신은 심장을 떼어내 주고

세상에 없다는 가시꽃처럼

하얗게 하얗게 꽃잎 떨구고 있죠

박재우

풍사(風邪)

하룻밤을 묵었을 뿐인데,

서마파람이 정낭을 걷으며 들어오고 있었다
인기척이라 생각했지만
부패한 주검을 운구해 오는 바람소리였다
밥을 씹고 만가(輓歌)를 삼키는 밤이
명치에서 묘혈을 파고 있었다
바닥이 되려는지 문이 이불을 덮어쓰고 있었다

지하가 된 방,
방 안만 맴도는 파리한 불빛을 딛고 올라가 문고리를 당
기면
아직, 표적을 찾아 떠도는 몇 개의 녹슨 총알이 이마를 스
쳤다

기류는 변해도
바람은 바람이 할 일을 묵묵히 되살려내고 있었다
눈이 문풍지처럼 떨리는데,

어디서 이륙하지 못한 새소리가 나면,

새를 쫓는 폭음이 동백나무숲에 울리면
서마파람은 습관처럼 썩은 내를 몰고 와
방에 핀 불빛을 덮어버릴 것이다

어제 입에서 나온 총알이 오늘 내 귀를 뚫고 간다

박재우

다랑쉬굴

총알을 피해 선사시대의 집으로 가요

산짐승보다 동족이 더 두려운 우리

폭음에 밀려 엄마 손을 놓쳐요

쓰러진 엄마의 가슴에 뚫린 구멍은 동굴의 입구

안은 이미 깜깜하고 차가워 두려움을 탈피하기 좋죠

중산간을 스치는 바닷바람이 입구를 긁을 때마다

불빛은 어둠을 몰아내기도 전에 스스로 꺼지고,

밖으로 나가 주워온 수수 낱알은 발아하지 못한 눈물

짐승이 인간이 될 수 있다는 말 믿지 않지만

인간이 짐승이 될 수 있다는 말은 믿죠

동생은 울음을 그치고, 그건

엄마의 가슴 깊은 곳에 다다라 길을 잃었다는 말

동굴을 태우다 까맣게 탄 나뭇가지로 천장에 엄마 얼굴
그리면

입구가 닫히고, 엄마의 몸 안에서 총소리가 빠져나가죠

엄마와 함께 산을 내려가는 꿈을 꾸죠

선사시대부터 지금까지

지금부터 선사시대까지,

우리는 언제쯤 집에 도착할 수 있나요

당신들이 발굴한 뼈에 대해서라면

그냥 가져가세요, 우린 아직 여기에서

집으로 가고 있는 중이니까

박재우

구술사(口述史)

이편의 말과 저편의 말이 달랐다

그 틈 사이에

바다는 혼자 격랑을 앓았다

저편에서 실종된 말들이 해초처럼 떠돌다 이편의 해안에서 침식했다

실종된 말에서 상처 난 입술을 떼어내 이편의 말들이 탄환을 만들었다

진실은 눈물의 무게를 가졌으므로, 모든 떠오르지 못하는 것이 되어갔다

저물녘 수평선을 물고 둥둥 떠다니는 입술,
향기도 없이 모가지째 떨어진 동백,
울분을 그러모아 동굴 속으로 데려가는 심정의 반경에 대해
햇살만이 조석으로 금서에 붉은 밑줄을 그으며 갔다

正史와 外傳 사이,

바다는 탄식이 우화된 몇 개의 부유물을 파도에 던져주었다

그곳에 우리 모두의 유폐된 아픔이, 유령처럼 떠도는 말들이 있다

온몸에 주름으로 그물을 엮고 스스로 등 굽은 역사,

마음속에서 부패된 말들이 불쑥, 늙은 어부의 눈에서 흘러나왔다

정방폭포에서

당신은 물의 언어로 말하고 있었죠
온몸을 다 쏟아 가고 싶은 곳 있다고 했지요

무른 손으로 삼백예순여덟 오름을 쓰다듬던 당신
후미진 골짜기에서 혼자 울다
검은 땅 물든 무명천 꾹 쥐어짜고
훠이훠이 마을을 돌아왔죠

모두가 까마득히 잊고 잠든 밤에도 혼자 발 뻗지 못하고
막다른 여기에 와서 말하지 못한 말들을 큰 마당비로 엮
고 있었죠

나는 그 소리가
뺨을 타고 내리는 눈물이 가만히 몸 안을 울려주는 소리
같아

시린 손바닥으로 한 모금 받아 바라보면 거기,
가득 비친 내가 당신의 바다일지도 모른다 생각했지요

쏟아내고도 다시 받쳐 든 아픈 얼굴을 걸리며 내 가야 할 곳

서리바람 불어대는 저 바다 너머에도 있을 테지만

어쩌나요, 어쩌나요, 이제 저 바람에
당신의 몸에서 시린 뼈가 불거져 나오고
골수를 타고 내리는 맑은 말 한 방울에도
바다는 또 저렇게 뒤척이며 몸살을 앓을 것을

박재우

눈물로는 시를 쓸 수 없었습니다.

공모전을 준비하는 동안 4·3사건의 아픔을 감내할 힘이
제겐 없었습니다. 눈물이 펜보다 먼저 원고지를 메워갔기에
시를 놓아버린 날도 많았습니다.

2년여의 세월이 지난 뒤에야 눈물을 다독이는 힘이 생겨
났고, 비로소 시가 제게로 왔습니다. 시를 쓰는 게 아니라
누군가의 말씀을 받아 적는 대필가의 역할이 더 많았음을
자인합니다. 이름도 얼굴도 모르는, 그래서 눈물에 절여진
말씀만이 떠도는 방, 진실이 외풍에 떨까 싶어 방문을 꼭꼭,
닫아걸었습니다. 그만큼 4·3사건의 진실을 한 자, 한 자 적
어갈 때마다 외로움은 커져갔습니다.

영문도 모른 채 희생되신 분들과 참혹한 고통의 기억을
안고 살아오신 생존자 분들이 아직 소수의 이념과 거짓된

논리의 울타리 안에서 외로이 독거하고 계십니다. 진심과
진정의 열쇠로 열지 않으면 영원토록 닫혀있을 그 집의 이
름을 '우리'라고 나직하게 불러봅니다.

그 집의 얼어붙은 문고리를 잡아본 뜨거운 마음으로 모든
응모자들은 시를 써내려갔을 것입니다. 저도 시를 써가는
동안 제주4·3평화문학상은 응모자의 기량을 다투는 자리가
아니라 4·3사건의 진실 아래에 모인 화합과 통합의 장이라
생각했습니다. 그러기에 응모자 모두는 이미 당선자임을 믿
어 의심치 않습니다. 염치없이 제가 대표로 받게 되어 살아
가는 내내 4·3의 통증을 함께 짊어졌을 문우님들께 송구함
을 면치 못할 것 같습니다.

제게 평생 안고 갈 따뜻한 형벌을 주신 심사위원님들과
관계자 선생님들께 고개 숙여 감사드립니다.

박재우

박재우

전체 응모작 126명의 1,402편 중 예심을 거쳐 최종심에 올라온 작품은 열한 분의 125편이었다. 제주4·3평화문학상은 회를 거듭할수록 응모자가 해마다 늘어나고 있고 문학인들에게 관심이 확산되고 있음도 확연히 느낄 수 있었다.

우리 현대사의 비극인 제주4·3사건은 일어난 지 70여 년의 시간이 흘렀는데도 그 상처는 아직도 생생하다. 제노사이드(genocide)의 현장인 북촌리 너븐숭이, 다랑쉬굴, 성산포 터진목, 표선면 가시리, 다끄내 제주공항터, 정방폭포, 모슬포 섯알오름, 송당 거친오름 등, 제주도 곳곳에는 통렬한 상처를 품은 깊은 동혈(同穴)들이 산재해 있다. 응모작들의 제재(題材)도 이를 대상으로 한 작품들이 많았다.

응모작들의 수준도 높았다. 응모작들을 읽으면서 아물지 못하고 있는 제주4·3의 통점(痛點)들이 터뜨리는 신음에 불에 덴 듯 아팠다. 잠들기가 어려웠다. 그래도 오래오래 찬찬히 읽어보고, 쉬었다가 다시 또 새로운 눈으로 읽어보기를 여러 번 하였다.

　예심을 통과한 투고자들의 작품이 하나같이 질이 높아 우열을 가리기 어려웠다. 작품들을 여러 번 읽는 가운데 다음 여섯 분의 작품에 눈길이 갔다. 그 이유도 함께 쓴다.

　▲ 접수번호-53 「비설의 주문」 외 9편은 말을 다루는 솜씨가 공교롭고 생각을 이미지로 만드는 데 능하다. 「동지팥죽이 오는 밤」은 우수하다. 그리고 「흙의 노래 - 다랑쉬굴」을 추천한다. 난리를 피해 숨어든 송당리 다랑쉬굴에서 하도리와 종달리 주민 11명은 밖에서 지키고 있는 총칼이 무서워 뛰쳐나가지 못하고 연기에 질식해 죽어갔다.

　'굴 앞에 짚불을 놓는 사람들의 와자한 소리/ 매운 연기로 좌우를 구분 못할 때 귀와 코로 솟구치던 피' 라는 구절에서 감정이입이나 감성의 심화가 아니라 그날의 현장감이 생생하게 다가와 가슴에 꽂혔다. 더 비극적인 건 이 동굴의 참상이 1992년 발견됐으나 무슨 까닭인지 연기에 그을려 있던 유골들이 화장되어 바다에 뿌려졌음이다.

　'죽어서도 흙에 눕지 못한 사람들이 있었다/ 죽어서도 좌우를 모르는데/ 망망한 바다에 함부로 뿌려졌다'

　살아서도 죽어서도 좌익이니 우익이니 이런 걸 모르던 사람들, 피난살이에서도 농기구를 가져가 곁에 두고 제 몸 같이 아끼던 사람들, 끝내 살아서도 그리고 죽어서까지도 흙으로 돌아가지 못하고 자기 살 같은 흙을 잃어버린 사람들의 노래로 시인은 실화(實話)의 힘을 웅변해주고 있다.

　　　　　　　　　　　　　　　　　　　　박재우

▲ 접수번호-12 「천장」(외 9편)은 제주4·3의 잘 알려진 소재들을 폭넓게 다루고 있고, 문체에 힘이 있으며 말을 능숙하게 사용하고 있다. 말 마디마디에 깊은 맛이 묻어난다.

▲ 접수번호-36 「주먹의 발굴」(외 10편)은 예심을 거친 작품들 가운데 감각이 가장 젊다는 장점이 있다. 짧은 시행을 사용하지만 표현에 부족함이 없다는 것도 좋았다.

▲ 접수번호-57 「천도재」(외 16편)는 시를 만들어내는 수법이 다양하고, 다루는 주제도 비교적 다양하며, 문체에 힘이 있다. 투고작들 가운데 「천도재」, 「추성부(秋聲賦)」 등 수작이 많다. 이 시인은 수사법에 신경 쓰지 않고 언어를 힘차게 밀고 나가 설득력을 얻는 점이 큰 장점이다. 게다가 투고작들 가운데 여러 편의 수작이 들어있다.

▲ 접수번호-99 「염쟁이 유씨」(외 12편)는 말이 진솔하고 시가 늘 이야기를 품고 있다. 문장 하나하나에 오랜 수련의 흔적이 느껴진다. 작품에 전체적으로 상투적 표현이 없으며, 기법과 주제가 다양하면서도 민중의 삶과 역사라는 큰 틀에서 통일되어 있다. 그 가운데 「탐라귤보를 읽다」는 직접적으로 4·3을 다루지는 않았지만 넌지시 그것을 연상케 하는 수법으로 제주의 과거와 현재를 재치 있게 조명하여 호감이 갔다. 그러나 나머지 시편들에서 보여준 시인의 관심은 좋게 말하면 폭넓은 것이었고 나쁘게 말하면 분산되어 있다고

할 수 있겠다.

　▲ 마지막으로 접수번호-15 「동정귤」(외 9편)의 시편들은 주제 면에서 제주4·3이라는 하나의 문제를 싸고도는 변주곡으로 집중력을 보여준다. 게다가 작가에게 제주4·3은 피상적인 관념으로서 우연히 알게 된 사실이 아니라 어떤 연유로 하여서든 깊이 체득한 사건으로 여겨진다. 「동정귤」, 「다랑쉬굴」, 「구술사」, 「검정 고무신」 등이 보여주는 균제미, 무언가 오래 숙성된 체험에서 우러나온 여유와 몸에 밴 음률감이 시에서 묻어나온다.

　특히 이 시인의 「검정고무신」은 제주4·3의 비극을 소재로 삼아, 가족의 슬픈 정한을 줄기로 잡고 민담과 현실의 비애를 날줄로 엮은 그 구성과 기법에서도 뛰어난 작품이다.

　제주4·3의 진실이 명백하게 규명될 때만 이 정한의 끝이 나타날 것이다. 매우 역량 있는 시인으로 평가할 만하다. 이 시인의 작품들이 제주4·3평화문학상 취지에 잘 호응한다고 생각되어 수상작으로 선정한다.

심사위원: 김순이, 정희성, 황현산

　　　　　　　　　　　　　　　　　　　박재우

정찬일

취우(翠雨)

2018

제6회
제주4·3평화
문학상

1998년 《현대문학》에 시 등단.

2005년 《문화일보》 신춘문예 소설 등단.

2002년 제2회 평사리문학대상(소설 부문) 수상.

시집 『죽음은 가볍다』 『가시의 사회학(社會學)』 『연애의 뒤편』.

bluesea333@empas.com

취우(翠雨)*

봄비 맞습니다. 누가 급히 흘리고 갔나요. 밑돌 무너져 내린 잣담**에서 밀려나온 시리*** 조각. 족대 아래에서 불에 타 터진 시리 두 조각 호주머니 속에서 오래도록 만지작거립니다. 손이 시린 만큼 시리 조각에 온기가 돕니다. 온기 전해지는 길에서 비 젖는 댓잎 소리 혼자 듣는 삼밧구석입니다. 푸른 댓잎에 맺힌 빗방울 속이 푸릅니다.

이 봄비 그치면 취우 속에 가만히 들어 한 밤 한 낮을 꼬박 잠들겠습니다.

매 순간 모든 것이 흔들리고, 빛 속에 숨었던 얼굴들 다 드러나고, 누구도 내 모습을 보지 못하고, 진저리 치는 생으로 불거진 물집 하나 서러운 적요로 붉게 물든 열매 하나조차도 투명하게 사그라지는

내게 와서 내가 되지 못한 눈빛들이, 돌을 뚫고 깨부수던 말들이, 견고한 나무의 길로 위장했던 내 비린 상처들이, 어둠을 혼자 견뎌 내던 새들조차도 흔들리며 다 흩어지겠습니다.

이 봄비 그치면 취우 속에 가만히 들어 몸으로 번지는 비취색 나뭇잎 하나 배후로 삼아 한 밤 한 낮을 꼬박 잠들겠습니다. 단 한 번도 따뜻한 적 없는 시리 조각에 잠겨 한 밤 한 낮을 꼬박 잠들겠습니다.

주머니 속 시리 두 조각, 긴 세월 지나도 맞부딪치는 소리 잇몸 시리게 쩡쩡거립니다. 이 봄비 그치면 취우 속에 가만히 들어 한 밤 한 낮을 꼬박 잠들겠습니다.

*   푸른 나뭇잎에 매달린 빗방울.
**   자갈을 쌓아 올린 담벼락이나 돌무지.
*** '시루'의 제주어.

벌써 입동

바로 가지 못하고 큰넓궤와 먼 불래산(佛來山)*까지 떠돌다
오래된 제 속 거느려 돌아가던 바람
빈터만 남은 동광검문소 육거리, 헛묘 앞에서 잠시 길을
놓친다

누가 저 굽은 팽나무 등을 게딱지처럼 봉인해 놓았나
제 몸에 새긴 문장을 차가운 위령비가 대신한,
철 버팀대 몇 개 겨우 받쳐 낸 삼밧구석 팽나무
그 앞에 세워진 헐렁한 설치물 속
풍치목(風致木)**이라는 말이 오히려 반갑다

옛 주인 잃어 침묵으로 여문 족대와
마디진 할 말 있다며 한 낮 한 밤에 키가 다 커 버린 겉여
문 족대들이
서로 차가운 등 기댄 채 수런대는 댓잎 소리
빈 집터에 자리 잡은 때 놓친 콩밭이
저 혼자 귀 기울여 젖어 가는 저물 무렵이다
모자란 하루치 가을볕 기울어
한 갑자 지난 지 이미 오래다

가까운 아랫마을 간장리 불빛 하나둘 꺼지면
먹먹하게 떠 있던 별들도 서둘러 진다
바다는 여전히 어둠 속에 갇혀 있는데
바람에 실려 온 내 마음
댓잎 소리 가득한 늙은 콩밭에서 길을 잃는다

어디서부터 길을 잘못 들어섰나

또 오랜 시간이 지나면 어쩌나 하는 생각 멈춘다

오랜 시간이 지나도 속 깊은 저 바람이
자꾸만 길을 잃는 나를 또 앞세워 돌아오리라는 생각
천 번의 물음에 천 번을 침묵하는
옛이야기 봉인된 삼밧구석 팽나무 앞으로
죽어서야 환한 석창(石窓) 하나 겨우 가진 오름 기슭 헛묘
앞으로
다시 데리고 돌아오리라는 생각
수십 번을 다짐했던 일이다

무엇이 그리 바쁜지 한 생각 한 생각에 잡혔다가 고개를

정찬일

들면

　　성큼성큼 제 자리를 옮겨 바다 위로 말없이 지는 달

　　달의 캄캄한 뒷면에서 누군가 말없이 걸어 나올 것만 같아

　　잔뜩 자란 미국자리공 개민들레 환삼덩굴 천상쿨

　　남의 나라 풀수펭이 조심스레 헤치며

　　올레 입구를 막아놓은 돌담을 게딱지처럼 뜯어내며

　　누군가 막 걸어 나올 것만 같아

　　한여름 땡볕도 견뎌왔던 콩깍지 저절로 툭툭 터지는 소리

들으며

　　저 혼자 붉게 익어 가는 늙은 감나무 곁에서

　　오래도록 기다리는

　　벌써 또 입동(立冬)

*　한라산 영실 서쪽에 있는 볼레오름.

**　멋스러운 경치를 더하기 위해 심는 나무.

도엣궤*

조심스럽게 끓어올라 번지는 저녁노을 바라보면
밥물 냄새가 나는 것 같아
"오늘 ㅈ낙이라도 베 뽕끄랑 하게 먹으라.
닐 되민 죽어질지도 모를 일이어."**
어머니 목소리도 묻어나는 것 같아
이젠 쓸 일 없는 어머니 오래된 목도장으로
가다가 뚝 끊긴 손금에 잇대어 꾹 눌러보기도 하는데
버석거리는 빈 겨울 들판 위로 떠오르는 노란 달
눈 위에 남겨진 제 발자국이 두려워 지워 낸
어머니의 마음, 길 따라 걸어보는 것인데
눈 내린 겨울나무 아래 종종종 찍힌 새 발자국들만 보인다
새 발자국 보면 왜 춥고 배가 고파지는지
시린 새 발자국 따라가다 보면 그 끝에 동굴 하나 보인다
겨울 숲에 새소리 하나 들리지 않아
더욱 적막하고 어두운 동굴 안
도엣궤 끝 간 데까지 들어가지 못한 겨울 햇볕
허연 김 서린 숨결로 아이들 몸 데우던
동굴 속 사람들의 안부가 궁금하고
얼굴 누렇게 뜬 아이들 뒤꿈치 상처도 궁금하고
국경 변계선도 아니면서 들어갈 수 없다는

정찬일

안내문 아닌 경고문 속 처벌이라는 말이 차갑다
눈 더 내리면 저 차가운 말과
살아있는 사람들에게 방아쇠를 당겼던 손가락들
다 묻으리란 생각을 해 보는 것이다
이제 서둘러 내려가라고
동굴 안을 들여다보는 내 눈길을 누군가 자꾸만 밀어낸다
아직 나눌 얘기 남아 있는데 벌써 저물 무렵이다
아이들이 흘리고 간 시린 발자국 또박또박 밟아 가며
서늘하게 젖은 내 이마에 돋는 별 몇 점

---

* 1948년 11월 15일 중산간 마을에 대한 초토화작전이 시행된 이후, 동광리
무등이왓과 삼밧구석 주민 120여 명이 1948년 11월 하순경부터 1949년 1
월 중순까지 약 50일 동안 숨어 살았던 용암동굴.
** "오늘 저녁이라도 배부르게 많이 먹어라. 내일 되면 죽을지도 모른다."라
는 뜻의 제주어.

폭낭

해는 마을 앞에서 떠서 마을 앞으로 진다
잠복 학살하듯 등 뒤로 몰래 해 지는 일 없는 삼밧구석
바다가 되쏜 햇볕에 등짝 검게 그을린 폭낭

삼밧구석에서 내려다보이는 바다는 산방산과 모슬봉 사
이에서 종일토록 금속 빛으로 끓는다

금속의 바다에 등 돌리고 앉아
돌아오지 않는 사람들 발자국 따라
제 세월 제 나이테 검게 비워 가는 삼밧구석 폭낭

저녁노을 수평선 너머로 와아 몰려가도 따라나서지 않는다
달빛 번득이는 바다가 우우 밀려와도 물러서지 않는다
기다릴 사람 기다리겠다는 것이다, 앙버티겠다는 것이다

소식 없는 얼굴들 노랗게 익는 폭*으로 자락자락 매다는
내력,
시멘트로 봉인된 등의 내력이 화살나무 참빗살나무
객혈처럼 내뱉는 겨울 열매, 붉은 사리로 툭 툭 터진다
폐작된 메밀 줄기와 콩대들마저 붉게 서 있는

정찬일

삼밧구석 겨울이 유난히 붉다

하늘도 제 빛 다 잃은 어느 적막한 골짜기에서 지금도 유배 중인가

어디서 흐린 겨울빛 보는가

마을 앞 도로를 내달리는 바퀴 소리 들릴 때마다

성근 귀 세우는 폭낭, 바다 아닌 겨울 산 쪽이다

올레 그늘의 양에가 푸른 일가를 이룬 소설(小雪) 이미 지났어도

뒤꿈치 바짝 세워 검게 봉인된 폭낭의 내력 타고 오르는 담쟁이,

오를 데까지 푸작푸작 오르겠다는 담쟁이 저 고집

다시 돋는 겨울 새순, 그 눈빛이 붉다

* 팽나무의 열매.

무등이왓*

들썩이는 몸에 화인(火印) 찍는 번제로 빈 하늘에 새겨진
겨울 아이들 발자국 하나, 둘 꼭꼭 짚으며
신화역사의 길에 주렁주렁 매달린
속 빈 두레기 같은 집터 되고 싶지 않은 무등이왓 간다
아이들이 흘리고 간 별자리 따라 무등이왓 경계를 넘는다
경계를 넘는 일은 마음을 바꾸는 일

불에 터진 옹기에 밴 배음(背音)이 들린다

　재채기 참을 수 없다는 듯 광신서숙에서 들려오는 아이들
의 웃음소리
　밀메역** 풍년이던 남쪽 바다 내려다보며 내뱉는 어머니
의 한숨 소리
　불치 든 가름팟에 뿌리내린 겨울 놈삐들
　벌써 봄이야!
　퍼런 잎으로 철없이 기지개 켜는 소리

가다가 끊긴 내 손금에 불에 터진 옹기 조각 잇대면
해와 달의 길이며 별이 지나온 오랜 길이 돌아 오르고
마른 억새로 피운 아궁이 불씨처럼 사그라진 어머니의 쉰

목소리 들린다

선동하는 봄도 싫다
혁명에 목마른 여름도 싫다
헛기침 하나 없이 후박나무 거친 등에
불쑥불쑥 붉은 잎 솟아오르는 가을도 싫다
언 발자국 선명히 남기는 겨울도 싫다
신화가 되기 싫다며 내뱉는 말에 놀라
꿩꿩 대왓 위로 날아오르는 겨울 장끼 한 마리

말 떼 앞세우고 석교(石橋) 건너오는
곶쟁이인 아버지의 긴 그림자 뒤로

달의 한 생이 다시 뜬다

피 한 방울 묻지 않은 마을 표석 돌고 돌며
다 피우지 못한 송악꽃 속에서 뜨고 지던 저 달

누가 카인의 증표를 그 손에 쥐어 주었나
총부리 겨누고 방아쇠 당기고 사람들 등에 잉걸불 던졌던

사람들

　이름 한 자 적혀 있지 않은 몰자비(沒字碑),

　겨울 하늘에 새겨진 아이들 이름 한 자 적혀 있지 않은

　몰자비 위로 귀향하듯 닻을 내리는

　동짓달 열이틀 저 달빛

　허한 내 등에 닻 내린 겹겹의 달빛 또 기운다

　떠올라라, 내일 다시 등 위로 떠올라라

---

* 4·3 항쟁 때 전소된 화전마을. 지금도 130여 호의 집터마다 족대들이 군락
을 이루고 있다. 1948년 12월 12일 토벌대에 의해 죽은 사람들을 가족들이
수습하러 올 것이라 예상하고 잠복을 하던 토벌대는 가족의 시신을 수습
하러 온 19명에게 전날 죽은 가족의 시신 위에 누우라고 하고는 멍석과 지
푸라기를 덮고 석유를 뿌려 생화장했다.

** 미역을 벤 자리에 다시 돋아나는 미역. 밀메역이 많이 나면 비가 많이 내
려 보리 흉년이 든다고 한다.

섯알오름의 새비

불에 덴 오랜 내력으로 섯알오름* 새비**는 붉게 익어 가네

사람들을 ABCD 등급 매겨 가둔 어업 창고와 고구마 창고
가족들 몰래 학살된 사람들 겹겹이 암매장한 탄약고 터

섯알오름 단면에 날아가 콱 박히던 총성이 수척한 밤 뚫
던 칠석날
  가파도 사람들, 방향 잃은 섯알오름이 보내는 수백의 불
올림에 답신 한 장 띄우지 못했네

몇 겁(劫)을 제자리 뛰고 있는 물이랑에 젖은 별빛들 가장
먼저 껴안던 가파도 사람들
  불맞춤 올리지 못했네, 납작 엎드려 바닥이 되어 버린 초
가들도 침묵했네
  뛰어내릴 절벽 하나 가슴에 품지 못해 섯알오름 휘이휘이
거쳐 온 매서운 바람도 곧추선 등짝 낮게 낮추며 지나갔네

  채 식지 않은 총 침상에 내던진 병영에서 기상나팔 울리
지 않았네
  상관없다 상관없다 이제 상관없다며 섯알오름 산목숨 향해

방아쇠 당겼던 그 손들 무엇으로 다 씻었나?

탄약고 터 위로 아침노을 비추면

섯알오름 가파른 단면에 새겨진 또렷한 총성 들리네

제 울음 속에서 뛰어내리는 아침노을로 세상 올곧게 세우
는 섯알오름

불이 빚은 등짝에 잎새 하나 소중히 키우는 연유를 알겠다

오래전부터 섬사람들 귀향길 밝히는 도댓불 올렸지

병이 나면 하나 병이 위급하면 둘 칠성판 위로 등 뉘면 셋

먼 섬이 띄운 횃불 받아 화신(火信)하던 불맞춤 있었지

붉게 익어 가는 섯알오름 새비,

누군가에게 급히 띄우는 화신이지

세상 여닫는 예의(禮儀) 보여줌이지

* 1950년 칠석인 8월 20일 밤, 두 번에 걸쳐 250여 명의 예비 검속자를 집단
  학살한 곳.
** '찔레나무 열매'의 제주어.

지박령(地縛靈)*
- 시린 사랑

한곳에 오래도록 눈 감고 누워 있으면
얇은 눈꺼풀 뚫는 한낮의 겨울바람
문상하듯 송령이골 찾아온다.

이 차가운 계절 지나가지 마라.
연둣빛 그리움만 말없이 도는 3월 찾아오지 마라.

와불(臥佛)처럼 드러누워 집으로 향하는 마음의 방향 흐리
는 4월, 다시는 찾아오지 마라.

돌아갈 사람들 길 잃게 하는 8월의 첫날도 마지막 날도 차
라리 찾아오지 마라.
골짜기의 길 다 가려 집으로 향하는 발끝
푸른빛으로 흐리게 하는 계절이 싫다.

소식 끊겨 희미해진 얼굴에게로 되돌아가면 되니
그 얼굴들, 푸른빛으로 가리지 마라.

바람과 햇빛이 자유롭게 드나드는 올무를 누가 역사(歷史)
의 이름으로 환하게 매달아 놓았나.

바람으로 되돌아가고, 올무에 걸려들지 않는 겨울 햇빛이
되어 찾아갈 이생의 마지막 임지.

떠밀려 온 발자국 되짚지 않아도 떠오른다.
마음의 솟대, 이렇게 선명한 겨울나무로 서 있으니
아이들의 관자놀이 뛰는 소리 가까이 들려오니

그리움도 깊어져 만선이 되면 겨울 숲처럼 눈물이 스며나
지 않는다.

집으로 돌아가는 골짜기의 길 가리는 진초록의 계절, 제
발 오지 마라.
귀향길 환한 길 다 드러난 겨울 숲 가리는 은성(殷盛)한 8
월 찾아오지 마라.

올레길 돌고 돌아 불어오는 겨울바람 찾아오면
집에 두고 온 천사의 얼굴들 겹겹이 떠오른다.

* 특정한 지역에 머물고 있으면서 저승으로 떠나지 못한 영혼.

'제주4·3평화문학상'을 수상한다는 사실은 여타 문학상과는 달리 영광스럽고, 기뻐할 일만은 아니라는 생각이 듭니다. 제주에 사는 저에겐 특히 더 그렇습니다. 그래서 수상 소식을 전해 들었을 때도 담담했습니다.

가끔 혹자는 4·3에 대한 개인적인 제 생각을 묻습니다. 물론 4·3에 대한 제 개인적인 생각이 분명 있을 겁니다. 하지만 저는 문학을 하므로 문학적 관점에서 4·3을 바라볼 수밖에 없습니다. '제주 4·3희생자 추념일'이 다른 날이 아닌 4월 3일에 열린다는 단 한 가지 사실만 가지고도 저는 많은 문학적 의미를 부여할 수 있습니다.

어떤 면에서 시인은 사상가이기도 하며 역사가이기도 하지만 엄밀한 면에서 사상가도 아니고 역사가도 아닙니다. 시인은 오로지 시적 대상이나 시적 상황에서 느낀 정서를 형상화하여 그 정서를 독자에게 전달하기 위해 애를 쓰며, 그 결과물이 바로 '시(詩)'이기 때문입니다. 시는 어느 한 편으로 일정한 해석을 가하면 의미의 편향성을 갖게 되어 의미를 더 확장하지 못하는 '죽은 시'가 되어버린다고 생각합니다. 저에게 4·3은 시와 같은 의미로 다가옵니다. 어느 하나의 의미로 규정되는 것이 아니라 앞으로도 의미가 더 확장되어야 하고, 더 진화해야 할 거라는 생각을 하고 있습니다.

　문학적 상상력은 현실에서 나오며, 상상력이 현실을 만날 때 의미가 있다고 생각합니다. 그런 면에서 4·3 관련 시를 쓰는 데 4·3에 관해 증언하신 분들의 채록에 큰 빚을 졌으며, 오승국 시인의 「4·3 유적지를 찾아서」라는 글도 4·3현장을 찾아다니는 데 도움이 되었습니다. 그리고 4·3 시에 관해 많은 얘기를 나눈 김세홍 시인께도 고마움 전합니다.

　앞으로 젖은 눈길과 마음이 오래도록 머물게 하는 글을 쓰도록 노력하겠습니다. 부족한 제 시에 눈길을 멈춰주신 많은 심사위원님과 제주4·3평화재단 관계자분들께 감사를 드립니다.

정찬일

접수된 번호순서로 쓴다. 「지슬」 외 9편, 「모르는 눈물」 외 9편, 「목숨줄」 외 11편, 「지박령」 외 9편, 「기다리는 시간」 외 10편, 본심의 심사에 마지막까지 올라온 분들의 투고 작품들이었다. 겹치는 작품들을 다시 읽어보며 논의를 거듭했다.

「목숨줄」은 감탄사가 나올 만큼 신선하고 읽는 즐거움을 주었으나 이 작품을 뒤받쳐줄 다른 작품들의 작품성이 너무 아쉬웠다.

물론 기본적으로 작품성을 가장 우선에 두었으나 4·3에 대한 주제의 문제의식과 집중성을 또한 중요한 점으로 고려했다. 그런 두 가지 생각을 염두에 두며 「지슬」 외 9편의 「지슬」과 「모르는 눈물」을 투고한 분의 동명작품 「지슬」과 「지박령」을 투고한 분의 「지박령」과 「취우」와 「기다리는 시간」의 「기다리는 시간」을 놓고 심의를 했다.

70주년을 맞이한 4·3은 이제 물 위로 올라와야 한다. 4·3 평화공원에 아직껏 이름을 짓지 못해서 '백비'로 남아있는 비에 마땅한 이름이 새겨져야 한다. 주먹을 쥔 결기와 투쟁

적 언어로는 어제와 오늘, 내일을 열고 나갈 시대를 어루만 질 수 없다. 서정의 힘이 다시금 필요할 때다. 「취우」가 그러 한 시적 성취와 함께 치유의 덕목을 고루 갖추었다. 당선작 으로 결정을 하고 주최 측으로부터 전해 들었다. 투고한 작품 의 대부분이 지금은 4·3으로 인해 사라진 한 마을에서 일어 난 이야기들이라는 것이다. 작가의 작품에 대한 열정이 얼 마나 끈질기고 힘이 있는가. 시대의 고통스럽고 기나긴 어 둠을 이야기했으나 축하한다는 말을 해야겠다. 축하한다.

심사위원: 강은교, 박남준, 정희성

김병심

눈 살 때의 일

2019

제7회
제주4·3평화
문학상

1997년 《자유문학》 시 부문 신인상 수상.

시집 『더이상 처녀는 없다』 『울내에게』 『바람곶, 고향』 『신,탐라순력도』

『근친주의, 나비학파』 『울기 좋은 방』 『몬스터 싸롱』

『사랑은 피고 지는 일이라 생각했다』.

산문집 『돌아와요, 당신이니까』 『비바람이 치던 바다 잔잔해져 오면』.

동화집 『바다별, 이어도』 『배또롱 공주』 『돌하르방』 『4·3 동화 터진목』.

소설집 『제주 비바리』.

1995nabi@naver.com

눈 살 때의 일*

사월 볕 간잔지런한 색달리 천서동.

중문리 섯단마을로 도시락 싸고 오솔길 걷기.

늦여름 삼경에 내리던 동광 삼밧구석의 비거스렁이.

세 살 때 이른 아침 덜 깬 잠에 보았던 안덕면 상천리 비지
남흘 뒤뜰의 애기 동백꽃.

동경에서 공부하고 온 옆집 오빠가 들려준 데미안이 씽클
레어를 처음 만났을 때의 분위기는 남원면 한남리 빌레가름.

갓 따낸 첫물 든 옥수수의 냄새를 맡았던 신흥리의 물도왓.

친정집에서 쌔근거리면서 자는 아가의 나비잠, 던덕모루.

예쁜 누이에게 서툴게 고백하던 아홉밧 웃뜨르 삼촌.

백석이 나타샤와 함께 살았을 것 같은 가시리 새가름의
설원.

어머니가 끓여주던 된장국을 이방인인 그이가 끓여주던
한경면 조수리 근처.

매화차의 아리다는 맛을 사내의 순정이라고 가르쳐준 한
림면 금악리 웃동네.

옛집에서 바라보던 남쪽 보리밭의 눈 내리는 돌담을 가졌
던 성산면 고성리의 줴영밧.

명월리 빌레못으로 들어가는 순례자의 땀범벅이 된 큰아들.

해산하고 몸조리도 못 하고 물질하러 간 아내를 묻은 화

북리 곤을동.

친어머니를 가슴에 묻은 아버지마저 내 가슴에 묻어야만 했던 어도리 자리왓.

이른 아침 골목길의 소테우리가 어러렁~ 메아리만 남긴 애월면 어음리 동돌궤기.

지슬 껍데기 먹고 보리 볶아 먹던 누이가 탈 나서 돌담 하나 못 넘던 애월면 소길리 원동.

고성리 웃가름에 있던 외가의 초가집에서 먹던 감자.

동광 무등이왓 큰넓궤 가까이 부지갱이꽃으로 소똥 말똥 헤집으며 밥 짓던 어머니가 불러주던 자장가.

깨어진 쪽박이란 뜻인 함박동, 성공한 사람이 하나도 없다던 그곳에서 태어나 삼촌들의 이야기를 쓸 수밖에 없던 소설가.

초여름 당신과 손잡고 바라보던 가파도와 마라도, 알뜨르까지의 밤배.

지금까지 "폭삭 속아수다"라고 말할 수밖에 없는 제주 삼촌들과 조케들, 잃어버린 마을.

---

* 제주의 어른들이 흔히 사용하는 말로 '눈이 맑을 때' 즉 '정신이 맑을 때'라는 뜻.

　　　　　　　　　　　　　　　　　　김병심

난산, 겨울 감자밭

어머니는 고향집에서 아버지를 기다리는 예쁜 치매를 앓
았다

감자를 저녁 끼니로 드시던 날은 아버지의 투망이 허공으
로 배가 불러 공친 하루였다

바람 타는 물살이 빠르고 높게 겨울 밭을 넘어오는 날이
면 입에 씹히는 모래알갱이가 소금이 되었다

손이 얼어 차돌 같은 감자의 온도를 잊은, 그해 겨울
아버지는 바닷속에서 허공의 손이 탔다

감자타령이 고향집을 도는 어머니의 저녁 시간

유산을 하고 돌아와 먹는 감자에 부스러기 같은 모래가
일고

별똥이 부서지는 몸살처럼 아버지의 기억으로 헛배가 불
렀다

감자를 키우는 헛묘에서 살아난 아버지가 감자를 드실 것
만 같아

푸른 싹을 자르지 못하고 모래를 받드는 감자밭

질리도록 별을 빻은 겨울의 난산

김병심

대살(代殺)

어머니, 곡두처럼 괸당들이 왔습니다
잠덧하는 갯가 너머로
달빛에 취하여 꽃밭에 앉던 모습으로
어머니.

잿빛 푸른 머리카락이 내남없이 흔들리던 유자나무와
고단한 우기를 견뎌낸 순비기꽃으로부터
등지닥배지닥하던 고팡물림으로부터
바농으로 보말을 까주듯이, 어머니.

백비도 없고 불칸 땅도 없는 저 이어도로
나를 데려가 주세요
차롱에 곤떡을 빚어놓고 배방선에 곤밥과 함께 실어 보내
주세요
이 폭풍의 감옥을 모르던 말로 지워주세요!

콩 볶듯 볶아대던 장총소리와 미친개의 눈빛을 피해
잎사귀 뒤로 숨어 자른 귀와
화염이 훑어간 어머니의 가슴을 덮고 살아난 흑맹으로는
차마 어머니 곁으로 갈 수가 없습니다

폐동에서 일출을 보라고 나를 돌려 세웁니다

곡두가 된 괸당들이 그렇게 사라지면서요

어머니.

김병심

파천

조그만 물허벅 안으로
어느 아침 할아버지가 들어가고 소가 들어가고
빗창을 든 할머니가 들어갔다
밀기울밥을 먹던 먼 옛날
잠들지 않은 섬엔 하늘이 있고 구름이 지나갔다

재로 덮인 마을을 마을이 덮었다
사람들이 길을 만들어 지나가고 편의점 불빛이 밝았다
일회용품에서 내 이름과 같은 어머니가 나오고
아버지의 이름이 할아버지의 이름으로 쏟아졌다

성게를 돌 틈에서 잡아 훑어 먹던
갯가의 나는 초콜릿을 먹고부터
어머니가 생각나지 않는다
자치기 대신 골프를 치면서
본적이라는 낱말이 생각나지 않는다
물허벅에서 태어나 다른 방향으로 흐르던 물줄기
막히고 말라 바다에 이르지 못할 때
비극이란 타인의 고통처럼 아득해졌다

하늘을 찢어놓은 그날의 기록엔

하늘과 구름이 다 들어있는데

잠들지 못하던 사람들만 어디론가 사라졌다

김병심

개탕시낭*

꽃들을 불사른 폐가 속에서 할머니를 업고 오신 아버지
서천꽃밭에 새집은 아니 지으시고

개탕시낭 심어사켜
뵈림직허게 말 고람직허게 심어사켜

아버지보다 젊은 할머니를 업고 화첩을 보여주고 계시네

아버지 골앗던 말 무사 계속 햄수과
한라봉 레드향 달디단 미깡 내브러돈 무사 개탕시낭이우꽈

생시에 본 듯 할머니를 다시 만난 아버지가 사월의 꽃구
경은 아니 가시고

시고 차고 후려치는 맛
아버지가 물려주신 과수원에서 따먹던 맛
화폭마다 치다 만 사월의 꽃으로 피었네

제삿밥 얻어 먹젠하면 아들 하나는 낳으라
개탕시낭에 직접 접붙인 미깡낭추룩 길러사 사름된다

할머니 업고 춤을 추지도 못하시는 아버지의 사월

개탕시낭을 삼대에 걸쳐 심어 줄 아들을 찾는 아버지

혼기마저 놓친 지렁이 글씨로나 곡을 타는

사월에 꽃구경이나 가자시니

소지를 사른 퇴주그릇을 치우지도 못하고

서천의 꽃구경이나 가자시니

그을린 꽃들이 떫고 차가운 사월을 접붙인 개탕시낭 속으

로 가자시니

* 탱자나무.

김병심

우리에게 봄날이 오겠지

봄볕이 들지 않았다

토굴 밖에는 광풍이 불고

대죽이 조릿대 위로 휘듯 누울 때마다

창호지를 때리는 싸락눈 소리를 냈다

감저빼때기를 먹던 몇은 배앓이를 하고

가래 끓는 소리 몇은 놋그릇 앞에서 손을 모아 빌고

보리 새순이 자라는 밭을 그리던 몇은

솥단지 안의 보리 낟알을 쓸고 있었다

사돈과 짐은 골라야 한다던 말은 묻어두고

인정에 걸린 말만 내뱉었다

저승에서 벌어 이승을 먹여 살린다는 말이

살아있는 사람과는 싸우지 않는 법으로 섬기며 살던 사람들

그래서 모두 침묵을 아는 까닭이다

멜 거리던 가락과 소를 몰던 가락이 화음을 이루던 소리로

침묵의 밖을 나갈 때까지

지금은 몹쓸, 귀양살이를 모두 가슴에서 지우고

봄이 오는 소리에 귀를 내어준다

폭풍이 사라지면 설산도 모두 꽃구경인데

심연의 고픔도 속울음도 지나갈 일인데

한 시절 어느 계절에 멈춰 입을 다물었는지

토굴에서 뜨지 못한 눈빛들이 봄볕을 덮고 누웠다

　　　　　　　　　　　　　　　　　　　김병심

제주 바람

바람까마귀 떼가 날아들면
병을 앓는 것처럼 생니를 뽑았다
빠진 이를 물고 있는 성산으로
검은 바람은 파도를 뭉치며 내처 달려왔다

열에 들뜬 밤
그런 날은 몰래 집을 빠져나와
까마귀를 따라 밤눈을 달고 헤매다 보면
놀라 부릅뜬 눈들과 마주치곤 했다

지상에서 받아주지 않는 눈은
지하에서 잠들 수 없는 눈이라서
이내 사라져 버리는 문장으로는 받아 적을 수 없었다

담장 허물 듯 이가 몽땅 빠져버리던 누대의 일들을
바람의 탓이라고 말할 수 있을까
바람의 코지에서 태어난
그날들의 문장을 썼다 지우던 파도는 저리 싱싱한데

바람이 들 때마다 까마귀가 울었고

햇솜을 붉게 물들인 성산이 통째 뽑히고 있었다

　　　　　　　　　　　　　　　　　　　김병심

할머니의 기일이 지났습니다. 처가에서 어머니의 생신날
에 제사를 지내야만 했던 아버지는 고향이 없습니다. 아버
지가 살았다던 어도리의 자리왓에는 팽나무와 표지석뿐입
니다. 아버지가 목수이신 할아버지를 따라 뭍으로 잠시 나
갔던 사이 마을이 불타고 말았습니다. 할머니와 더불어 마
을 사람들은 동부두 주정공장으로 끌려갔고, 바다에 수장이
되셨습니다. 그 후 귀덕리가 본적으로 되어있는 아버지는
4·3으로 마을을 잃어버렸고 어머니를 찾을 길이 없습니다.
그래서 사계리에서 처가살이를 하시던 아버지는 음력 이월
초닷새마다 할머니의 제사를 지내셨습니다. 아버지는 4·3
에 어머니를 잃고 고향을 잃은 후 젊은 시절에 전쟁에 나가
한쪽 눈마저 잃으셨습니다. 폭탄의 파편이 박혔던 아버지의
눈과 몸을 볼 때마다 매화꽃차의 아린 맛처럼 제 가슴은 폐
동이 되었습니다. 지난날을 붙잡고 슬퍼할 겨를 없이 보리
푸대를 나르시고 산방산의 돌계단을 만드는 노역을 하시던
아버지는 눈먼 새처럼 평생을 사셨습니다.

4·3사건이 세상에 드러날수록 말수가 없던 아버지는 저를 재촉하셨습니다. 할머니의 흔적을 찾아 맹목적으로 불타오르셨습니다. 아버지의 때늦은 집착과 집념을 이해할 수 없었습니다. 다 지난 일인데 왜 자꾸 고향과 할머니의 죽음에 관한 이야기를 반복하시는지…. 마음이 선뜻 움직이지 않았습니다. 성인이 돼서야 4·3 기행을 따라나선 저는 4·3에 관한 시를 쓰게 되었습니다. 매년 4·3평화공원의 문주에 시를 붙이면 행사장에 오신 아버지가 딸의 시를 읽으며 눈물을 흘리셨습니다. 그러던 아버지께서 너무나 일찍 할머니 곁으로 가셨습니다. 출가외인이 된 딸을 붙잡고 그렇게 시를 쓰게 하셨으면서도 성에 차지 않으셨나 봅니다. 당신께서 성급하게 할머니의 곁으로 가신 걸 보면 말입니다. 그래서 죄의식과 불효를 저지른 것 같은 생각이 늘 저에게 남아있었습니다.

요즘은 땅값이 많이 나가는 마을, 관광지가 유명한 제주의 마을들이 기억되고 있습니다. 하지만 저는 아가의 나비잠이 예뻤던 마을, 바람이 좋고 햇볕이 좋았던 마을을 소개하고 싶었습니다. 잃어버린 마을이 지금은 황폐하고 잡목이 우거진 곳으로 변했지만, 분명 콩떡 쑥떡 나눠주던 인심으로 사람살이가 좋았던 곳일 겁니다. 그런 고향을 아버지에게 찾아드리고 싶었습니다. 아버지가 그리워하던 고향 또한 그런 마을이었을 것입니다. 아버지가 살아 계실 때에 쓸 수 있었다면 더 좋았을 것을 너무 늦게 이 시를 바치게 되었습니다.

김병심

아버지처럼 가난할수록 자식들에게 공부와 누대의 역사를 가르치시고, 신세대들을 위해 길을 열어주시는 팽나무 같은 제주 어른들의 마음을 공경합니다. 제가 자식을 키우지 않았다면 몰랐을 마음을 주신 어머니께도 고마움을 전합니다. 늘 문학을 하는 저를 위해 적극적으로 외조를 하는 남편에게도 고마움을 전합니다. 따뜻한 문학을 가르쳐준 제주문인협회 선생님들과 4·3 기행을 기획하고 함께 가자고 손을 내밀어주신 제주작가회의 선생님들께 존경과 고마움을 전합니다. 한라산문학 동인과 묵묵히 삶을 사는 것처럼 글을 쓰는 작가들과도 기쁨을 나누고 싶습니다. 매년 응모하면서 나중에 시집을 묶을 요량으로 천천히 멀리 가던 제게 시원한 물 한잔을 건네준 심사위원님들께도 머리 숙여 절을 합니다. 4·3사건으로 잃어버린 마을에 살았던 분들께 제 마음을 전합니다. 고맙습니다.

김병심

역사적 제주의 비극성과 그 속에 매장되어 있는 삶의 역사는 오늘도 우리를 전율시키기에 충분하다. 본심에 올라온 대부분의 작품들이 그러한 역사성을 바탕으로 오늘을 바라보고자 하는 성찰과 서정성을 통하여 각기 높은 역량을 보여주었다. 그리고 언어적 면에서도 유행적 부박함이 보이지 않았고 한결같이 진지함과 참신성을 보여주었다는 점에서 본 상의 의의와 무게를 느낄 수 있었다.

예심을 통과한 작품들 중에는 내면화된 주제의식보다는 4·3의 현장화 또는 재현의 표면화 차원에 머문 작품들도 많았다. 과거를 들어 미래로 나아가고자 하는 시의 환기력을 생각할 때 이런 현상은 다소 아쉬웠다. 물론 과거 기억하기나 고통 들추기를 통한 4·3의 시적 담론화도 중요하다. 그렇지만 서정성의 확장을 통하여 고통의 역사를 정화하고 승화시켜 나아가는 것이 더 소중한 문학의 역할임을 잊어서는 안 될 것이다.

본 상의 특성상 소재의 유사성에도 불구하고 상호 연관된 주제로 형상화한 상당한 편수의 작품을 요구한다는 점에서 응모자들의 부담이 컸을 것이다. 일테면 그러한 이유로 한 두 편 빼어난 작품을 쓰기보다는 비슷한 수준의 고만고만한 작품을 생산하여 응모의 조건을 충족시켜야 한다는 한계에 응모자들의 고민도 깊었을 것이다.

본심의 심사 결과는 다음과 같다. 먼저 「눈 살 때의 일」이 보여주는 정조의 편안함, 제주 말에 스며있는 제주 서정 그리고 그 속에 빛나는 민중적 삶의 공간과 시간의 역사가 아름다웠다. 다음으로 「빙의」가 지니는 한라산만 한 힘과 지금도 살아 꿈틀거리는 4·3이라는 역사의 생물(生物) 속으로 들어가는 듯한 정서의 충격도 괄목할 만하였다. 「동지팥죽이 오는 밤」은 제주어의 운율을 배경으로 간접조명을 통하여 비춰지는 서사적 서정의 효과가 만만치 않았다. 마지막으로 절제된 언어와 탁월한 은유로 서러운 아름다움을 잘 그려내고 있는 「비설의 주문」도 눈여겨보았음을 밝힌다.

선자들은 오랜 시간 논의 끝에 시 한 편 속에 세 명의 작가가 등장하는 자칫 흠이 될 수도 있는 요소를 잘 극복하고 주제의식과 시적 완성도를 견지한 「눈 살 때의 일」을 당선작으로 결정했다.

자연이 아름다워 더 비극적인 그러나 비극적이어서 더 깊은 정신으로 발현될 4·3에 대해 시를 쓰고 응모해주신 모든 분들께 감사한다.

심사위원: 박남준, 이상국, 함민복

변희수

맑고 흰죽

제8회
제주4·3평화
문학상

2011년 《영남일보》, 2016년 《경향신문》 신춘문예로 등단.

2013년 제5회 천강문학상 수상.

시집 『아무것도 아닌, 모든』 『거기서부터 사랑을 시작하겠습니다』

『시민의 기분』

동시집 『가끔 하느님도 울어』.

sougi11@hanmail.net

맑고 흰죽*

불편해지면 죽을
끓입니다

식사라고 하기엔 좀 그렇지만
가볍게 훌훌 넘기고 싶다는 말
어제의 파도는 우물우물 삼켜도 된다는 그 말

그게 잘 안 돼요
부드럽게라는 말이 목에 걸려요

당분간 절식이나 금식
이상적인 처방이라는 건 알아요 미련이 생겨서
나는 죽을 먹습니다

맑고 흰죽을

한 숟가락 또 한 숟가락
돌아서서 코를 풀었죠
조금 묽어졌다는 뜻이지만
눈물은 짜니까

빨간 눈으론 돌아다닐 수 없으니까
그런 날은 손바닥마다 노란 가시선인장꽃
울지 않은 척했어요
엎혔을 거라고 수군거릴 때마다
이 고비는 무사히 넘길 수 있을까
생각에 걸려

어제도 오늘도 삼키죠 백번도 더 생각하죠
죽이고 죽이다 보면 또 다시 죽

이렇게 맑고 흰죽
목이 메어요 달랑 죽 한 그릇인데
눈이 부셔요

새로 태어난 것처럼
몸속을 돌아다니는 물기가
어제의 죽이라 하겠지만
밤마다 복닥복닥 탕! 탕!
죽 끓이는 시간이 또다시 찾아오고

변희수

죽은 조금만 쑤어도 넘치게 한 솥이에요
후회도 한 솥 미움도 한 솥이어서
나는 먹고 또 먹을 테죠
다행이다 싶지만

맑고 흰,
무명의 시간들

좀 서운해요 돌아서면 고프고
어떻게든 달래고 싶은데
받는 게 이것밖에 없는 이 속이
내 속이 그렇다는 거죠 지금

* 4·3사건 피해자인 진아영 할머니는 턱과 이가 없어 평생 소화불량으로 인한
  위장병과 영양실조를 달고 살았다.

다시 녹을 연모하다

- 선흘리에서

1.

그해 무자년 가을

2.

단풍인 양 불타는 나무 속으로 걸어 들어가 보았습니다 붉은색은 색이 아니라 곧 소진될 검은빛이었기에 마지막 편질 읽은 것처럼 잠시 까무러쳤지만 푸른 생혈을 토하는 이파리들이 마른하늘에 찍힌 핏빛 낙관 같았습니다 울혈이 든 것처럼 저 붉은 몸뚱이는 눈보다 가슴이 먼저 끓어올랐다는데 쓸어내릴 손조차 없는 몸 이미 불카분낭* 백골입니다

3.

지하에서 지하로 어둡게 번지는 저 애먼 뿌리들의 근심은 또 어떻게 수습해야 할지 애끓는 단장에 푸른 당목의 시절 검은 재 되어 사위어 갑니다 불똥이 튄 것처럼 날아가다가 주저앉아 버린 동백들, 붉은 울타리마다 생목으로 타다가 돋은 푸른 잎들이 그렁그렁합니다 발갛게 부은 목젖으로 삼가 청혼, 휘이휘이 녹우綠雨를 불러봅니다

4.

이제 불씨만 남기고, 먼 북방의 새들 고단히 돌아오는 철입니다 고개 들 수 없는 무안과 신열, 찬바람에 토하듯 쏟아내고 나면 이 맹렬도 수그러들겠지만 아직은 손닿는 곳이다 바스락 불길입니다 이곳에 와서 다시 깃들 곳을 생각해보는 새들의 눈빛이 얼음 같습니다 먼 섭라**의 이국, 돌아오지 않는 기별들을 모아 한 소식 헤아릴 수 있다면 데인 듯이 아픈 여기가 좋겠습니다 푸른 잎 흔들듯 다시 녹(綠)을 연모하는 마음이 우거집니다

5.

하늘이 차고 높아서 목전의 슬픔이 맑아지는 때입니다

---

* 불타버린 당목, 조천읍 선흘리 소재.
** 제주의 옛 이름.

흰색이 된다는 말은 산 자를 위한
혼령들의 후일담 같은 것일까

마음을 살살 문지르고 싶은데
그날 이후의 기후,

날씨는 바깥에 불과하다고
먼바다에 치는 눈발이 비릿하다고 쓴다

불 꺼진 방처럼 몇 해째 노란 귤을 매달지 않는 나무들이
흰 파도로 쓰인 글씨체를 읽는다

사라진 사람들의 행방을 좇던 구름이
수평선 긋던 곳에 오래된 울음을 버리고 오는 습관

무덤 없는 무덤*
안쪽에서부터 먼저 흐림이라고 하면
맺히는 것들, 흘러내리는 것들, 스러지는 것들
젖은 쪽이 마르지 않는다고 칭얼거리는 소리 들린다
총성이 천둥번개로 다녀간 하늘의
눈꺼풀이 움푹하다

입구가 컴컴하던 동굴 위로 떠도는 빛들

변희수

흰색이 된다는 말은
산 자를 위한 혼령들의 후일담 같은 것일까
반짝임을 등에 업고 가는 풍랑의 중얼거림을 듣는다
당신이 돌아올 곳이 사라져버렸는데
육신이라는 말이 버석거린다

섬처럼 엎드려 당신을 다 쓰고 나면
무수한 빛들이 다시 들끓고 있는 흰감귤꽃들

다시 필까,

당신과 나를 파도처럼 한 장씩 넘겨본다
얼음을 씹고 있는 동백의 입술로
노랗게 목 넘어오는 것들을 호명해본다

희다는 것은 떠도는 자들의
눈감을 수 없는 환유

잠들어버리기 전에
하얗게 바래버린 이곳을

누가, 누가 좀 펼쳐서 읽어주면 좋겠다

* 백비.

변희수

지슬*

마지막까지

감자란 무엇입니까

주먹입니까

주식입니까

여름은 오고

또 감자를 삶습니다

이것이 삶이라면

푹푹 삶아야 하지 않겠습니까

주먹이 양식이 되는 일들은

아주 양호한 일들입니까

서드럭 너머 주먹들은

아직도 부르르 끓고 있는데

칙칙 푹푹 저 알량한 냄비들은

감자를 데리고 또 어디로 갑니까

주먹을 숨긴 채 불끈

불꽃을 당겨

감자를 삶습니다

애면글면 바닥만 태우던 주먹들은

뜨거운 감자입니까 화두입니까

감자를 돌리던 손들이

식어버린 주먹을

슬그머니 내려놓을 때

그만 울컥 목이 메어옵니까

울먹이는 주먹들이 모여

말없이 식은 감자를 먹는 저녁

주먹을 감춘 등처럼

무뚝뚝한 텃밭에선

다시, 순정처럼 흰 꽃이 핍니다

주먹 쥐고 주먹 펴고

그것이 삶이라면

부드럽게 으깨어지고

다시 뭉쳐지는 그것이 주먹의 발굴이라면

핏대도 올리지 않고

하얗게 터져 나오는

이것은 다 무엇입니까

혼백만 떠도는 백골의 파안처럼

아직도 슬픈 한 덩이

지슬입니까

주먹들은 푹푹 익어가고

뜸이 들 때까지는

　　　　　　　　변희수

언제나 그렇지 않습니까

감자들은 늘

---

* 감자, 4·3사건을 다룬 오멸 감독의 영화를 바탕으로 씀.
〈끝나지 않은 세월〉이 부제로 되어 있음.

모르는 사람*

그 사람은

모르는 사람이다

사진으로 보고 있을 뿐

그 사람은 모르는 사람인데

모르는 사람을

이렇게 오래 들여다본 적이 없는데

그 사람은 울지 않고 이렇게

웃을 수도 있는 사람인데

모르는 사람과 모르는 사람이

서로 마주보고 있을 때

번졌다고 하면 될까

아무도 없는 방에서

아득히 멀어진 방에서

그 사람처럼 아무도 모르게 혼자 서 있었다

모르는 사람이 모르는 사람을 찾아와서

번지고 있는 것처럼

울다가 웃을 수도 있지만 계속

웃을 수 있을까, 웃을 수 있을까

메아리치는 방에서

모르는 사람이 모르는 사람을

아무 말 없이 오래 바라보았다
눈물이 눈물을 웃음이 웃음을
그렇게 생각하니
모르는 눈물이 다정하게 번졌다
가득한 것이 넘쳐서 그렇다고 생각했다
모르는 눈물이 찾아와도
안심이 되었다

---

* 제주4·3평화기념관에 전시된 희생자들의 사진에서 만난 수많은 사람들.

한라의 폭설을 다녀온 것처럼
흰 개를 쓰다듬었다

학교 앞 분식집에서 흰 개를 보았다
눈보라 치는 골목을
막 빠져나온 것처럼
흰 털이 수북하게 날리는 개였다
흑백의 눈 속엔 이미
폭설을 다녀온 그늘이 있었다

흰 개는 가끔씩 다가와 꼬리를 흔들었다
내게 그러는 것 같기도 하고
어디 먼 곳을 향해 흔드는 것 같기도 했다
꼬리가 없었다면 이 세상의 개들은
더 슬퍼보였을 거라고
먹고 있던 흰 면이 퉁퉁 불거나
붉은 국물을 흘리는 동안

내가 돌아다닌 골목의 꼬리들을 생각했다
내 눈 속에 어리는 내 그늘들을

물끄러미,

　　　　　　　　　　　　　　　　　　　　변희수

저 흰 개는 다 알고 있는 것 같은데
나는 왜 그늘만 있고 꼬리가 없는지
그늘과 그늘이 겹쳐서 좀 더 어두워진 사람처럼
나는 젓가락질을 멈추고
자욱하게 눈이 덮인 흰 개의 등과 허리를
쓰다듬어주었다

마음보다 먼저 달려와
흔들리고 있는 저 꼬리에 대해서
저 먼 산의 폭설에 대해서
내가 말할 수 있을까

눈이라도 쏟아질 것 같은 날씬데
보드랍고 따뜻하고 두꺼운 털을 가진 개가
내 옆에서 펄펄펄
갑자기 눈앞의 한라산이 흰 눈을 뒤집어 쓴
한 마리 개처럼 컹컹 짖고 있었다

남쪽의 결

국물의 살결에 대해서 이야기한 이가 있었다 내륙의 사람들이 바닷말이 든 국물을 후루룩 후루룩 마실 때 국물의 살결은 이미 바다의 물결에 닿아 있어서 그런 맛들은 멀리서 밀려오는 맛이라고 했다

너울에 크는 파도를 한 다발씩 솎아서 끓인 국 속으로 가만히 숟가락을 밀어 넣어보면 눈이 퉁퉁 부어있는 갈조의 소식들이 떠돌아다녔다

그런 날은 국물의 맑은 살결에 닿기도 전에 갑자기 물결과 살결을 동시에 이해하는 사람이 되었다 풀어진 결마다 혼곤하게 묻어있는 갯내음 속으로 결이란 결들은 모서리가 다 닳은 후여서

숟가락질로는 아무 소용이 없다는 걸 알게 된다 달이 먼저 와서 뭉근히 끓고 있는 바닷가 저녁처럼 물가에 바싹 붙어 있지 않아도 또다시 출렁거리는 시간의 결을 가지게 된다

변희수

제주4·3사건에 관한 작품을 쓰면서부터 버릇이 하나 생겼습니다. 제주를 여행할 때는 지금 제가 밟고 있는 이 땅도 혹시 사건의 현장이 아닐까, 이곳도 혹시 과거 어떤 상처의 자리가 아닐까 하고 생각해보게 됩니다.

제가 받은 이 상은 제주4·3사건에 희생된 수많은 영혼들이 저에게 청탁을 해주신 거나 다름없는 뜻깊은 상이라고 생각합니다. 무겁고도 귀한 지면을 받은 것처럼 저는 자료를 조사하고 열 편의 작품마다 그분들의 목소리를 담으려고 애를 썼습니다. 작품을 쓰는 동안 마치 낯선 마음을 쓰다듬는 것처럼 알 수 없는 전율이 일어나기도 했습니다.

작품을 준비하면서 가장 큰 고민은 제가 겪지 못한 목소리를 어떻게 생생하게 재현해낼 수 있을까 하는 것이었습니다. 역사적 사실의 기반과 문학적 상상력 사이에서 때로는 한계와 갈등을 느끼기도 했습니다. 그러나 시의 언술이 가진 시적 에스프리는 시간과 공간을 초월하여 어떤 순간을 가장 명징하게 재현해내는 힘이 있습니다. 작가에게 그것은 참혹하고 생생한 순간을 마주하는 또 다른 기억과도 같습니다.

시를 쓰면서 문학으로 무엇을 할 수 있을 것인가를 스스로에게 물었던 적이 있습니다. 작품을 쓰는 동안 제가 만난 수많은 목소리와 작가의 사회적 역할에 대해서도 다시 생각해보는 계기가 되었습니다.

당선 소식을 듣고 지인들이 당선작 「맑고 흰죽」을 읽었다고 연락을 많이 해왔습니다. 진아영 할머니에 대해서 모르는 분들도 그 애애한 사연에 많은 공감과 관심을 가져주셨습니다. 4·3사건에 관한 작품을 누군가 계속해서 쓰고 또 누군가 계속 읽는다면 진아영 할머니를 비롯해서 수많은 희생자들에게 위로가 되지 않을까 합니다. 그것이 문학의 가장 큰 힘이었으면 좋겠습니다. 우리가 경험하지 못한 세계를 되새기고 상상하는 방식으로 이 문학상이 계속 이어지길 바랍니다. 그런 기회를 주신 관계자 여러분들께 진심으로 감사드립니다.

변희수

변희수

역사를 가정해서 말할 수 없다고 하지만 그럼에도 불구하고 가정하여 말한다면 어떨까? 가령 4·3이 발생하지 않았다면 이 제주 땅에 극도의 비극적인 역사는 출현하지 않았을지도 모른다. 통곡과 반목과 질시의 고통스런 아수라의 세계 역시 만나지 않았을 것이다. 허나, 역사는 이미 일어난 과거사실이므로 당연히 되돌릴 수 없다. 더불어 이념의 대립과 충돌의 소용돌이 속에서 억울하게 희생된 희생양들의 아픔과 슬픔도 지워질 수 없다. 그것은 우리의 안쪽과 바깥쪽에 짙은 그림자를 드리우고 수시로 우리를 힘들게 하고 있다. 그것을 걷어내지 않으면 미래는 암울할 뿐이다. 흔히들 역사는 반복된다고 하는데, 더는 참담한 역사를 되풀이하지 않기 위해서라도 우리는 지나간 4·3의 역사를 똑바로 직시하고 현재와 미래를 살아가는 거울로 삼아 마땅하다. 이번에 시행되는 '제8회 제주4·3평화문학상'도 그런 취지에서 시행됨은 물론이다.

이번에 본심에 올라온 작품들을 면밀히 살펴보는 과정에서 심사위원들이 공통점으로 느낀 견해를 몇 가지 간추려보면 다음과 같다. 먼저, 작품에 투영된 작가의 시선들이 대체적으로 4·3을 피상적이거나 관념적으로 보는 경향에서 크게 벗어나지 못하고 있다는 점이다. 그뿐 아니라 4·3의 현장성이나 리얼리티를 천착하는 과정에서 4·3의 역사성이나 정신적인 측면이 간과되는 경우도 허다했다. 또는 과잉된 수사의 현란한 사용 등으로 독자(심사위원)와의 소통을 어렵게 하는 작품들도 더러 눈에 띄었다. 4·3을 제대로 인식하지 못한 상태에서 다소 왜곡된 시 쓰기가 이루어진 경우도 없지 않았다. 앞뒤가 맞지 않은 비유를 사용하거나 난해한 시 쓰기가 시적 진실을 가려버리는 경우도 종종 있었다. 그런 가운데 더욱 문제점이라 할 수 있는 점은 응모작품들이 다루는 소재나 내용, 의미 등이 일정한 틀 안에 갇혀있는 듯한 인상을 준다는 점이다. 어떤 한계성을 극복하는 노력과 작품의 생산이 요망된다. 이제 4·3문학은 제주만의 4·3, 또는 흔적에 국한된 4·3에만 머물 것이 아니라 이를 뛰어넘어 보다 세계사적인 범위로 의미를 확장해나가는 노력이 필요한 시점이기도 하다.

위에서 말한 내용 모두를 해결하거나 충족시키는 작품은 물론 아니나, 그럼에도 불구하고 심사위원들은 시 「맑고 흰 죽」을 당선작으로 선정하는 쪽으로 가닥을 모았다. 이 작품은 4·3사건의 피해자인 진아영 할머니에 대해 그리고 있다.

그녀는 턱과 이가 없어 평생 소화불량으로 인한 위장병과 영양실조를 몸에 달고 살았다 한다.

이 작품은 '죽'을 통해 불편한 몸을 떠올리고, 그 불편함을 야기한 사건을 되새기면서, 그 사건에 대한 고통스러운 기억을 쉽게 망각해서는 안 된다는 인식하에서, 주어진 삶을 힘겹게 가누어나가는 한 인간의 애잔한 안간힘을 그려내고 있다.

죽을 먹을 수밖에 없지만, 언제나 '부드럽게'라는 말이 가시처럼 목에 걸리는 삶은 참담하기 이를 데 없는 것이다. '죽'은 '죽이고 죽이'는 비극적인 사태를 떠올리는 매개체이면서 언제나 목 메이게 하는 것으로 가장 절실한 삶의 영양소이다. 음식을 통해 쓰디쓴 역사의 맛을 되새기는 절실함이 가슴을 울리게 하는 작품이 아닐 수 없다. 당선을 축하한다.

───────────
심사위원: 김광렬, 이상국, 이하석

김형로

천지 말간 얼굴에
동백꽃물 풀어

2021

제9회
제주4·3평화
문학상

경남 창원 생.

2018년 《국제신문》 신춘문예 시 당선.

한국작가회의, 한국민예총 대변인.

시집 『미륵을 묻다』, 『백 년쯤 홀로 눈에 묻혀도 좋고』.

fnffn58@daum.net

천지 말간 얼굴에 동백꽃물 풀어

설문대할망 다리를 놔 줍서
너럭치마에 고래실 흙 덩실덩실 떠 담아
남해나 동해 숨텅숨텅 놓아 줍서
나 백두산 마슬 다녀올라네

관덕정에서 북청이나 단천 어디쯤
다리 좀 놔 줍서 설문대할망
거기서 갑산 삼수 거쳐
영등할망 부럽지만 나 걸어갈라네
산에 산에 핀 꽃들 다시 볼라네
엎드려 꽃과 함께, 산사름 함께 며칠 지내다가

백두산 전에 고하겠네
큰넓궤 지슬과 정방폭포 총성을
정뜨르 안경과 알뜨르 녹슨 전선을
얽은 손과 부르튼 발을
그 위로 떨어지던 핏빛 동백꽃을
한몸으로 왜 못 사나
휘이 휘이 날려 주고 오겠네

그해 남쪽 섬

붉지 않은 바위 서낫던가

돌아앉지 않은 꽃 이서낫던가

설문대할망 다리를 놔 줍서

한라에 봉화 오르면

웃밤애기 알밤애기 오름마다 불을 받고

벌겋게 섬이, 달마저 붉게

백두에도 불 오르는 통일의 그날

호랑이도 곰도 느영 나영 춤을 추고

사름이 사름으로 살아지도록 신명나게 놀아봅주

좋은 싀상 우리 같이 살아도 봅주

설문대할망 어서 다리부터 놔 줍서

울어도 울어도 못다 운 노래 한 자락

가심에 박힌 돌멩이 들어내듯

검은 땅 검은 숨 붉게 울어 볼 거네

천지 말간 얼굴에 동백꽃물 가만 풀어 볼 거네

김형로

말하는 뼈

사람은 죽어 뼈를 남긴다
그 섬의 말이다
이름 없이,
말 한마디 없이 죽일 수 있어도
빼앗아 갈 수 없는 건
뼈
만뱅듸 섯알오름 다랑쉬굴 큰넓궤
이름 모를 골짝에
앗아갈 수 없었던 뼈가 있다
수십 년 잠들지 못한 뼈가 있다
눈뜬 뼈가 있다
하르방 할망 어망 아방 삼춘 조캐
서로 얽혀
이대로 지워질 수 없다며
뼈가 뼈를 잡고 있다
말이 죽고 이름마저 사라진 곳
한 줄기 빛
내릴 그날 위해
제 이름 석 자 붙잡고 있다
캄캄한 땅속 눈 부릅뜨고 있다

차마 죽지 못한 뼈가

죽은 뼈를 잡고 허옇게 울고 있다

김형로

그 섬에 가시거든

그 섬에 내리시거든 조심스레 발 디디세요

땅속 어딘가에 숨죽인 말이 있거든요

그 섬에 가시걸랑 산 좋다 바다가 좋다 하지 마시고

꽃이나 검은 바위라도 만져주세요

한쪽으로 가구 밀어놓듯 마음 한 곳을 비우고

땅에 가까운 꽃에게 합장해 주세요

갯메꽃도 좋고 순비기 나무도 좋아요

모래도 한번 만져 주시고 폭낭에도 기대 주세요

붉었던 그날

오름이며 갯가, 구릉 너머 산담이 자고 있거든요

일본에 사는 제주 사람 김시종 시인

차마 뼈 묻힌 공항에 내릴 수 없어 배를 타고 왔다지요

동백꽃 유채꽃만 보지 말고

누군가의 마지막 숨을 함께했을

갯무꽃도 봐주세요

그 섬에서는 그날 아닌 곳 한 곳도 없거든요

그렇게 지나갔다

아들 셋 키워 다 잃었다
둘은 육지 형무소에서, 하나는 흔적 없이
묘는 하나밖에 쓰지 못했다
두 통의 사망통지서와 묘 하나, 이게 할아버지의 인생 결
산표다

I
1948년 11월 19일 노형 월랑마을에 총을 든 군인이 몰려
왔다
집에 불을 놓고 사람들에게 총을 쏘았다
방화와 도륙
살아서 만나자! 할아버지는 아들 셋을 흩어버렸다

일본에서 맞은 해방
주손(胄孫)은 고향에 가야 한다고 아들 셋 데리고 왔는데
생사를 다투는 이산이 시작된 것이다

II
- 큰아들
마을 사라지고 옮겨온 이호동

김형로

어느 날 경찰이 학교 운동장에 소개민을 모이게 한 후
남자들만 트럭에 싣고 갔다

어디로 갔는지 어디에 있는지
채 일 년도 안 돼 사망통지서가 날아왔다
육지 목포 형무소
왜 끌려갔는지, 어떻게 재판을 받았는지, 무슨 죄를 지었
는지
모르는 어머니 혼자
시신을 찾으러 배를 타고 목포로 갔다
왜 사람을 죽였나 소리도 못 하고
시신이라도 온전하게 가져가게 해달라 사정했다
배에서 관을 못 싣게 했는데 어느 군인이 거들어 겨우 싣
고 왔다
제주로 전출 간다던 그 군인
그도 산사람 잡고 양민을 쏜 토벌대가 되었을까

III
- 둘째 아들
큰아들 묻고 나니 이번엔 둘째 소식이 왔다

대구형무소에 있다고, 폐침윤이라고
할아버지는 늙어 갈 수 없어 편지와 함께 돈을 부쳤다
한 달 지나지 않아 다시 전보가 왔다
또 사망통지서

아가, 저번에 그리 고생했는데 육지서 어찌 관을 수습해
오겠냐
이 애비 가슴에 묻어 불민 된다

IV
- 막내아들
수소문을 해보니 정뜨르 비행장에서 죽였다는구나
수십 명씩 끌고가 몇 날 며칠 고랑에 파묻었다는구나

아가, 시신 없는 막내 시동생 제사도 함께 지내자꾸나

V
할아버지는 한 번도 그 시절에 대해 말하지 않았다
4·3의 4자도 입에 올리지 않으셨다
다 키운 아들 셋 놓치고 가끔

김형로

너희 샛아버지 대구서 못 가지고 온 게 섧다는 말을 했을 뿐

할아버지 유품을 정리했다

두 통의 사망통지서

그리고 반송된 당신의 편지 한 통

- 일전에 아들이 폐렴에 걸려 위독하다는 전갈을 받고 편지를 드렸는데 답이 없습니다 아들은 어떤가요 살아있기는 한 것인가요 일천 원을 송금하오니 환자의 일용비로 전해주시길 빕니다

VI

생때같은 아들 셋 가슴에 묻었던 할아버지 할머니

죽은 아버지보다 기록 없이 가버린 아버지가 더 섧다 하시던 어머니

모두 편히 쉬시라

내 평생 따라다닌 연좌제, 당신들 신고에 비하면 아무것도 아니니

미안해하지 마시고 편히 쉬시라

아버지, 그곳에는 억울함 없는 싀상이 있습디까

어머니, 그곳에서도 동백꽃잎 붉고 붉어 외려 푸르러집디까

* 장손 현공화 씨의 구술을 시로 썼다.

김형로

평화의 대통령

한 발 쏘면 세 방 퍼부어라 하면
그땐 시원할지 몰라도 그건 살 떨리는 소리

같은 말 쓰는 핏줄은 어쩔 수 없는 일이라
내키지 않아도 참고 참다 어느 날
쌀가마니 싣고 가서
대포 쏘지 말고 인민들 배부터 채우시오!
그런 대통령이면 얼마나 아름다울까

평화가 머 있것어? 골고루(平) 화(和)한 것
화한 건 또 뭐겠어 밥(禾)이 입(口)에 있는 거
긍게 평화란 골고루 나눠 먹는 거

남과 북이 나누고 주린 자 없으면
그게 평화!
밥이 오가면 마음 함께 묻어가고
작은 길 커지고 넓어져
155마일 가시철조망 곳곳
힘없이 숭숭, 구멍 뚫려버릴 때
밥은 평화가 되고 강이 된다

곳간에 인심 난다는 말처럼
먹을 것 바리바리 싸주는 어머니 마음으로
달래고 토론하고
다음 날 국회에서 밥이 통일이다! 연설하는 대통령

한 방 쏘면 세 발 돌려줘라 하지 않고
철조망 걷어라!
밥으로 분단의 빗장 열어젖힐 커다란 사람은 언제 오시나

힘은 힘을 부르고
물컹한 밥이 평화가 된다
아주 단단한 평화를 부른다

김형로

몸짐

이 제주어를 앞에 두면
말이 끌고 오는 은유가 서늘하다

몸이 짐을 졌다는 몸짐
체온의 제주 말

온기가 짐이라고 할 때
그 땅의 삶은 얼마나 무겁고도 가벼운 것인가
한 줌 무게 없는 그것 앗기지 않으려고
오름과 산밭 헤맬 적에
그것은 또 얼마나 큰 짐이었는가

사람 나서 살다가는 길
짐 지고 간다는 건 고만고만한 말이어도
그 짐, 무게 없는 온기라 했을 땐 정신이 번쩍 든다

짐 없이 오는 사람 없고
짐을 져야 비로소
사람이라는 온기를 가지게 된다고,
짐 벗으면 몸도 벗는다고

화산섬 말 하나

내 몸의 온기마저 서먹하게 만든다

김형로

사난 살암신가

누가 말했습니다 제주는 저항의 섬이라고, 맞는 말씀
육지의 수탈과 거기 올라탄 모리배들의 억압, 맞서지 아
니하고 어찌 화산섬 살아낼 수 있었겠습니까

그러나 그 섬의 저항은 맞서고 내치는 것이 아니었습니다
품어 안는 것이었습니다

먼저 바람을 안았습니다 구멍 뚫린 돌로 구멍 뚫린 돌담
을 쌓았습니다 바람 통하게 바람을 달래니 바람이 감돌다
갔습니다 바람 숭숭 밭담, 구불구불 울담 태풍에도 무너지
지 않았습니다

바다를 안았습니다 해녀들은 알몸으로 바다에 들어갔지
요 자궁 같은 바다에 한 마리 물애기처럼 안겼습니다 온몸
으로 받아 안은 바다의 말이 숨비소리였지요

바위도 안았습니다 돌뿐인 화산섬, 바위를 가슴으로 안았
습니다 그 바위 가슴 안에서 하나둘 부서졌습니다 부서져
흙이 되었습니다 흙은 눈물로 낳은 사름의 자식이었습니다

주변의 것들도 다 안았습니다 나무나 바위 동굴 모두 안아 모셨습니다 어느 나무, 어느 돌, 어느 굴형이 살아지게 할지 모를 세상 어쩌다 살아있음에 늘 고맙다 빌었습니다

결국 사름을 안았습니다 그해 관덕정에 쓰러진 여섯을 끌어 안았습니다 고문으로 젊은이들 죽자 사름을 더욱 껴안았습니다 한번 잡은 사름, 놓지 않았습니다

검푸른 바다가 화산섬 안아 주었듯 산담은 사름을 말없이 받아 안았습니다 사난 살암신가 살아남은 사름과 모진 세상 품어 안는 폭삭한 말도 그 섬에는 있었습니다

김형로

4·3은 아직도 그냥 4·3입니다. 제주4·3평화공원 백비에는 '4·3이 언젠가 정명을 얻어 일어설 때가 있을 것'이라고 적고 있습니다. 끔찍한 사건이 있었다는 흔적만으로의 4·3인 것입니다.

4·3은 한국 전쟁 버금가는 비극입니다. 어쩌면 전쟁 기간을 포함한다 해도, 4·3의 제주에서처럼 고립된 특정 지역에 이처럼 오랜 기간 참혹한 상처를 입힌 적은 없었습니다. 제주도민의 10% 가까이 목숨을 잃었고, 그 과정에서 집단살인과 방화, 고문과 잔혹한 인격모독이 가세하였습니다.

4·3에는 우리 사회가 앓고 있는 온갖 비극의 근원이 녹아 있습니다. 분단, 반목, 분열. 독재 정권과 그에 저항한 잇단 항쟁들. 우리 가슴속에 깊게 팬 38선들. 4·3을 해결하지 않고선 우리는 진정한 민주국가로, 인권국가로, 통일국가로 나아갈 수 없습니다.

4·3은 미군정 하에서 일어났지만 희생자 대부분은 대한민국 수립 후 발생했습니다. 4·3을 토벌한다며 국가 권력은 자

국민에 대한 반인륜적 학살을 서슴지 않았습니다. 그래서 4·3은 더욱 슬픈 것입니다.

4·3은 언제 제대로 된 이름을 가질 수 있을까요. 아직 정명을 얻지 못한 4·3의 문학상을 받는 이 자리에서 저는 앞서 걸었던 두 분을 거론하지 않을 수 없습니다. 현기영 소설가와 이산하 시인입니다. 현 소설가는 엄혹했던 유신 치하에서 숨죽여 '순이 삼촌'을 썼고, 이 시인은 5공의 살인적 국가보안법 아래서 장편서사시 '한라산'을 발표했습니다. 이 자리를 빌려 고초를 겪으신 선배 두 분께 한없는 존경의 마음을 전하고 싶습니다.

4·3은 아직 실체를 드러내지 않고 있습니다. 발가벗긴 채 배에 실려가서 돌아오지 못한 수백 명의 보도연맹원들, 육지 형무소 곳곳에서 재판 없이 수용됐다가 사라진 사람들, 제주 검은 땅 곳곳에서 눈 감지 못하고 있을 중산간 마을 주민을 비롯한 피해자들. 더 많은 연구와 채록으로 어둠 속으로 사라진 '돔박꽃'들을 찾아 거둬야겠습니다.

그들이 남긴 붉은 꽃물을 천지 제단에 풀 그날을 기원합니다.

부족한 작품을 선해 주신 이하석, 김광렬, 이문재 선생님께 깊은 감사의 말씀을 드립니다. 고맙습니다.

김형로

　예심 위원회가 본심에 올린 추천작은 모두 80편(8명)이었다. 본심 위원회가 최종적으로 논의하기 위해 원탁 위에 올려놓은 작품은 5편(5명)이었다. 「도령마루 꽃무릇」, 「북받친 밭」, 「목시물굴의 별」, 「천지 말간 얼굴에 동백꽃물 풀어」, 「백비」(이상 접수 순). 심사 기준에 대한 본심 위원들의 이견은 이내 좁혀졌다. 작품의 완성도를 외면하지 않되, 작품에 내재된 문제의식과 파급력에 주목하자는 것이었다. '제주4·3평화문학상'이 올해로 9회에 접어들었고 이제 새로운 10년을 바라보는 만큼 이번 수상작이 문학상의 위상을 새로 정립하는 데 시사점을 제공할 수 있기를 기대해보자는 것이었다.

　본심에 올라온 추천작 대부분이 70여 년 전 비극을 서정적 언어로 재현하는 데 초점을 맞추고 있었다. 추천작은 저마다 일정한 수준을 유지하고 있었지만 많은 작품이 소재(현장)주의, 선/악 이분법에서 벗어나지 못했다. 물론 약자의 편에 선 분노와 진혼은 정당한 것이다. 발굴과 폭로 또한 문학의 핵심 역할 중 하나다. 하지만 어느 한쪽으로 경도된다면 문학성으로부터 멀어질 수밖에 없다는 지적을 받을 수 있다. "인류의 보편가치인 평화와 인권의 소중함을 일깨우는 수준 높은 문학작품의 출현을 기대"한다는 문학상 공모 취지를 떠올린다면 더더욱 그렇다. 4·3문학이 '애도의 시간'을 넘어, 제주와 한반도를 넘어, 더 나은 미래를 위한 '창조적 시간'으로 성숙해야 할 때다. 수렴에서 확산으로, 특수에서 보편으로, 닫힌 세계에서 열린 세계로 전환해야 할 시점이다.

최종 후보작 중에 위와 같은 기준에 전적으로 부합하는 작품은 눈에 띄지 않았다. 「도령마루 꽃무릇」과 「북받친밭」, 「목시물굴의 별」은 당시 현장을 재현하는 수준을 벗어나지 않았고 「백비」는 70여 년 세월을 반추하지만 미래로 열린 상상력이 부족했다. (이번 심사 기준을 들이대지 않는다면 최종심에 오른 이 작품들은 저마다 빼어난 작품이다. 일반 문예지나 시집에 발표되었다면 독자들로부터 큰 호응을 받았을 것이다.)

결국 「천지 말간 얼굴에 동백꽃물 풀어」가 남았는데 앞에 거론한 후보작과 크게 달랐다. 제목이 환기하듯이 제주4·3과 제주 설화를 다리(橋) 삼아 '한라'와 '백두'의 만남을 주선하는 '통일 서사'의 전개가 활달했다. 함께 보내온 다른 작품도 시야가 넓었다. 4·3의 야만성을 에둘러 표현하면서 위안부, 세월호 문제까지 관심사가 폭넓었다. 심사위원들은 「천지 말간 얼굴…」이 심사 기준을 온전하게 충족시키지는 않지만 여타 응모작과 견줄 때 주제 의식과 상상력에서 현저한 차이를 보이고 있으며 이와 같은 미덕이 향후 '제주4·3평

김형로

화문학상'은 물론 4·3문학의 지평을 확대하는 데 기여할 바
가 적지 않으리란 판단에서 당선작으로 결정했다.

심사위원: 김광렬, 이문재, 이하석

유수진

폭포

2022
제10회
제주4·3평화
문학상

《시문학》시 부문 신인우수작품상으로 등단.

《전북일보》신춘문예 시 부문 당선.

경북일보문학대전 소설 입상.

저서 『4·3표류기』.

sujinryukim@gmail.com

폭포

폭포는 순간이 없다.
멈춤이 없다.
멈춤이 없으니
지구의 부속품 중 하나

폭포 아래에는 지구의 명치가 있어서 지구와 같은 시간을
흐르고 지구와 같은 기억을 간직하고 지구와 같은 길이를
짊어지고 지구와 같은 두통을 앓는다. 지구의 이마를 짚는
폭포. 쏟아지는 이유를 들어보자. 움푹하게 팬 곳을 더 움푹
하게 파는 낙하가 그곳에 있으니, 움푹하게 팬 곳을 치는 주
먹들이 있으니.

그곳에 소란이 있으니.

폭포 위에서 사람이 죽었다. 그건 떨어지는 물보다 더 빠
른 죽음이었겠지. 그건 쏟아지는 하늘보다 더 파란 죽음이
었겠지. 순간이 있었다면 치솟는 일 같은 건 생각도 않고 아
래로 아래로 순응하며 살 수 있었을 텐데. 차라리 바닥을 천
명으로 여기고 손안의 주먹밥이 식은 걸 팔자 탓으로 돌릴
수 있었을 텐데. 문득 올려다본 곳엔 두 손이 묶인 채 위로

위로 끌려 올라가는 폭포가, 파랗게 질려서 밑동까지 덜덜
떠는 폭포의 귀청들이,

　폭포를 보고 있으면 계속 흐르는 중인지
　계속 치솟는 중인지 모를 때가 있다.
　함께 흐르는 듯 함께 치솟는 듯 폭포에게
　무엇을 봤냐고 물어본다.

　귀가 어두워서 모른다고
　못 들었다고
　못 봤다고 하고

　바닥에서 다시 튀어 오르는 물은 마치 무명천이 펄럭이는
것 같다.

　흘러간 물을 되돌리려 안간힘을 쓰는 폭포. 이미 흘러간
물줄기는 천 리를 지나고 만 리를 지나고 지금쯤 어느 별에
닿았을 것인데.

　우리가 몰라서 그렇지 낮마다 밤마다

　　　　　　　　　　　　　　　　　　　　유수진

아무도 모르게 폭포는

그 옛날의 물줄기를 계속 끌어올리고 있다네.

경사

가령, 삼십 도는
후회하기 좋은 경사도인가
아이의 울음도 쉽게 굴러가지 않는 경사
안개라 한들 설렁설렁 굴러 내려갈 수 있었을까
찾으러 오지 않아서 의심하지도 않는 경사도
오름,
제주에는 그런 경사도가 많다
완만해서 몰아붙이기 좋았다
덮어씌우기 좋았다
억울하기에 딱 들어맞아 버린 경사
쉽게 올라갔으니 쉽게 내려올 줄 알았던 경사
아이들 웃음이든 울음이든 굴리며 내려올 줄 알았으나
앉아서도 머리가 닿던 동굴 천장을
발뒤꿈치에 묻혀 내려올 줄 알았으나
그런 시절도 있더라는
푸념을 비듬 털어내듯 머리를 흔들어대며 내려올 줄 알았
으나

집과 밭과 솥과 돼지들은 올라가기 힘들었다
그래서 두고 갔다

유수진

챙겨가기 쉬운 공포와
달아나지 않는 두려움과
믿음 같은 소소한 것들만 가져갔다

순진한 경사도라니
그래서 잊히기도 딱 좋은 경사도들이
제주에는 많다

제주에는 그런 경사도가 일 년의 날수만큼이어서
매일을 올라야 한 해가 지나가는 사람들
밤마다 꿈의 안과 밖을 헤매고
또 달아나느라
숨느라
여전히 내려오지 못하는 사람들

아침이면
어느 중턱,
가락지나물이나
노랗게 멍든 꽃으로 피었다

귤

익지 않은 파란 귤은
문이 없다
문이 없으니 누가 문고리를 잡아당길 일도 없다
마당으로 나오라고 소리 지르는 일도 없다

파란 귤은,
꼭 붙어서 노랗게 익을 때까지 견뎠을 텐데
하루가 다르게 자랐을 텐데
손바닥에 물집이 잡히고 아물고 또 잡히고 아물도록
남쪽의 햇살을 조물닥거렸을 텐데
먼바다가 끌고 온 폭풍에도
가지의 끝을 악착같이 버텼을 텐데
식구들은 어깨를 바싹 붙이고
서로를 더 꼭 끌어안고
발끝을 맞대고
하나의 동굴인 듯
하나의 돌멩이인 듯 태연한 척했을 텐데

이듬해 봄으로 도착하면 된다며
서로를 다독이고 다독였을 텐데

유수진

파랗게 울어도 되고 떨어도 되고 칭얼거려도 되었을 텐데
서로를 더 바싹 끌어안는 방식으로 견뎠을 텐데

노란 귤의 꼭지에 손톱을 푹 찔러 넣으면
귤은 노란 속을 속절없이 드러낸다
열 쪽의 식구들,
하얀 그물로 스스로를 꽁꽁 싸매고 있는 슬픔들
그 하얀 시간들 쉬이 틈을 보이고 말아서
그땐 왜 파란들이 없었을까
파랗게 덜 익은 방들이 왜 없었을까
입안으로 쏟아지는 노란 말들은
구태여 꼭꼭 씹지 않아도
그 속앓이들이 톡톡 씹힌다

노랗게 익은 귤을 보면 불안하다
손쉽게 깔 수 있는 귤을 보면 또 불안하다
그 노랗게 익은 귤들이
아직도 섬의 소득 생산량 대부분을 차지하고 있고
여전히 섬을 먹여 살리고 있다

검은 단어

아래턱이 사라진 후
불러들이는 말을 한 적 없다
어떤 돌담을 돌면 그곳은
먼 곳,
염소가 울담 모퉁이를 돌아가도 부르지 못했고
아이가 파도 소리를 걸머지고 돌아가도 부르지 못했다
꿈에서도 생시에서도 아래쪽이 없는 말이 늘 불안했다
불러들이지 못했으니
그 입으로는 한 번도 밀물이 들어온 적 없고
어스름 저녁나절에 아이들이 들어온 적도 없다는

검은 단어 속에는 탕탕, 카빈 소총 총소리가 들었다
집 한 채가 뜨겁게 타고
마을이 붉게 탄다
사랑니처럼 뽑힌 아이가 울고
검은 단어만 입천장에 닿는다
입속이 헐어 울담이 무너진 자리엔
꽃을 갖다 껴도 안 맞고
동네 잔칫집 안부를 손으로 구겨서 껴도 안 맞고
장터 좌판에서 고른 머리핀의 분홍 리본을 껴도

유수진

맞지 않았다

다만 검은 단어 하나가 꽉 물려 있었다

주머니 속 햇살을 잃어버린 듯

주머니 밖 그림자를 놓친 듯

숨이 차오른다

말할 수 없는 말들은 안팎을 수시로 꽁꽁 잠그느라

반들반들 길이 잘 들어 버렸다

문주란 군락지에서

어느 어둥한 사월의 봄날들을 숱하게 지난다

사람의 말을 나눌 수 없어

아직도 싯거리를 가로질러 가는 중이다

애써 돌보지 않아도, 모래땅이라도

무성하게 자라 꽃을 피우고 열매를 맺었지

이제, 썰물의 때야

여기 있지 말고 어서 나가라고

문주란 씨앗들이 파도를 탄다

자리왓

문을 닫은 마을, 자리왓
마을이 있었는데 마을 사람은 없는 이상한 마을
그렇지만 그 마을 사람을 알아보는 방법은 간단하다는데

등이 환한 사람과
아직도 방 한 칸을 짊어지고 다니는 사람과
스스스 대밭 울리는 소리를 옆구리에 차고 다니는 사람은
그 마을 사람일지도 모른다는데

붉은 노을 속으로 잠긴 마을
파란 하늘 속으로 수장된 마을
연기로 뿔뿔이 흩어진 마을이 있다
근처 땅을 파면 아직도 녹슨 주소들이 나온다는데
이쪽에서 저쪽 사이로 집이 있던 사람들은
이쪽이나 저쪽으로 없어졌다

그 마을에는 삼거리가 아닌 삼거리가 있고
길이 계속되는데 길이 없어진 어느 날이 있다
여기저기 긁히고 파인 마룻바닥엔
먼지 쌓인 나무 제기가 굴러다닌다

유수진

눗숟가락엔 검은 도새기의 눈망울 같은 고요가
집 안팎을 가득 채우고 마을로 흘러넘친다
눈 쌓인 밭 아래로 온기를 모아 두었다
해마다 잎사귀가 피고 또 말라 부서지는 집터는
지슬밭이 되었다
컴컴한 땅속에서 굴을 찾아 환한 달을 키워낸다
언젠가는 이곳에서 나가 뒤집어진 안팎을 비추라고
그 옆으론 아이들 책 읽는 소리가
유채꽃으로 낭랑하게 피고 지는 사당터가 있다

한 삼십 집은 되었지, 한 오십 집은 되었지
구술의 인구들,
외진 곳들은 쫓겨나기 쉬웠다

저 붉은 동백도 항변이고
폭낭도 항변이고
오름도 항변이니
가물가물한 기억도 항변이라면
너무 온화한 항변이지 않은가

삼거리도 외진 항변 쪽으로

아직 길 하나를 불러들이지 않고 있으니

그 마을이 있던 자리,

폭낭 한 그루,

한 삼백 년을 살았다

순이네 혼삿날을 폭낭과 상의했다

덕이네 첫 손주 이름도 폭낭에게 물었다

그냥 거기 서 있다는 이유만으로

폭낭의 아름드리에 박힌 수십 발의 총탄

그때의 탄피

동굴 벽으로 옮겨간 젖먹이의 울음

폭낭의 거친 겉껍질을 손바닥으로 쓸면

속살이 되어 버린 그날의 불똥들, 여전히 뜨겁다

지문 안으로 콕콕 박히는 별이여

이름도 바꾸고

숨죽여 삭아가는 녹슨 주소에서

별이 재가 되어 사방으로 날린다

유수진

섯알오름

꼭 고여야 할 일이 있어서
움푹하게 패는 곳이 있다

모과 하나가 매달린 공중이라면
그 공중엔
모과 하나만큼의 움푹한 곳이 생겼다는 뜻이다

파이고 고인 곳이라면 그곳이 어디건 간에
울타리가 출렁이고 낮과 밤이 지나간다
그러다 파란 하늘이 얼비치면 그 끝에 누운
지평선 한 자락 끌어오려 하지만

구름은 계속 쌓이고 고무신을 벗은 달이 옷고름을 뜯은
새벽이 비녀를 뽑은 햇살이 모자를 벗어던진 여름이 돌담에
박힌 별이 바람 타는 섬이 고여 있다

고무신을 버리고 허리띠를 버리고 베고 자던 내년 봄을
버리고 지난 가을에 받아 둔 무씨를 버리고 길 하나를 끌고
여기까지 왔을 것이다

자신이 내려갈 길이 아니란 걸 알았지만
누구든 이 길에서 내려가라고
칠석날을 버려야 했다

언덕이 열릴 때
바위가 닫혀갈 때
산 밑에는 소문이, 두려움이 절뚝거리며 돌아다녔다
멍들고 짓무른 그 길에는 비녀 없는 동백이 붉고
검정 고무신에는 강풍이 가득하고
해는 속절없이 매일 떴다

매일 화상을 입은 명치, 덴 자국을 또 데는 일
그래도 무씨는 무럭무럭 자라 고랑을 푸르게 덮었고
무는 하얗게 속을 채웠다

유수진

발끝의 사례

망자는 두 발이 관의 끝에 닿지 않자 어쩔 줄 몰라 하는 것 같습니다. 살아서 살짝살짝 들었던 뒤꿈치를 죽음까지 갖고 오기라도 한 걸까요. 발바닥은 바닥이라고 여기는 곳을 여전히 짚고 있는 걸까요. 뒤꿈치는 불끈 쥔 주먹 같습니다.

수많은 결심들, 거기서 시작된 걸까요.
허방을 짚는 일들, 거기서 출발했던 일들일까요.

한 뼘씩 자라는 키를 얻고 싶었을 것입니다. 아주 오래전에 헛디디는 꿈을 구입했을 겁니다. 헛디딘 발이 키를 밀어 올리면 깜짝 놀란 키는 서둘러 방향을 골라야 했을 겁니다.

방향은 온순한 머릿결로 거친 수염으로 나뉘었을까요.

키를 잴 땐 벽이 함께 서 주었겠지요. 등을 맞댄 친구란 키를 함께 잰 친구, 벽은 처음 키를 잰 친구랍니다. 누군가 정수리를 툭 치는 순간에 자신의 키를 알게 되었다면, 누군가 수시로 정수리를 만졌다면 그건, 들린 발꿈치를 모른 척 했다는 증거입니다.

수평도 키라고 부를 수 있을까요. 누운 사람의 키를 무어라 불러야 할까요. 누운 사람의 발바닥엔 갈림길이 몇 개 보입니다. 중심을 놓쳐 잠시 기우뚱했던 뒤축이 정오에서 조금 빗겨 있군요.

죽으면 남아도는 발끝들, 관의 공간이 남을 때 아끼던 옷가지들을 구겨 넣습니다. 하늘이 파랗고 베개 같은 구름이 두둥실 떠 있는, 망자의 정수리를 만지듯 내 정수리를 만집니다.

침묵이 쑥쑥 자랄 것 같습니다.

유수진

제게는 책을 거꾸로 읽는 버릇이 있습니다. 이미 읽은 책의 맨 마지막 페이지를 펼치고 한 페이지씩 거꾸로 읽어가기도 합니다. 처음 읽는 책을 제목만 몇 번 읽고 차례를 훑어본 후 마지막 페이지부터 읽기도 합니다. 때론 처음을 조금 읽다가 마지막 페이지로 옮겨 가기도 합니다. 끝이라고 결정된 곳부터 더듬더듬 앞으로 나아가는 일을 하다보면 아, 앞으로 맨 앞으로 가야지 하는 생각이 번뜩 듭니다. 그럼 그때 다시 시작의 페이지로 달려갑니다. 책장을 휘리릭 휘리릭 넘겨 도착한 곳에서 다시 시작합니다. 한 권의 책을 다 읽는 데 시간이 오래 걸리는 편입니다. 누구와 함께 읽을 때면 아직도 그 페이지야? 라는 말을 여러 번 듣곤 했습니다. 한 페이지를 읽는 데 시간이 오래 걸리기 때문이지요. 처음은 끝이 되고 끝은 또 시작이 됩니다. 어떤 책이나 어떤 일은 그렇게라도 읽어야 합니다.

4·3의 진실에 조금 또 다가선 듯하여 기쁘고 벅찹니다. 4·3의 그날에 불었던 바람이, 그날 밤 돌담 사이를 환하게

비추던 달이, 제주의 돌에 흙에 물결에 몸으로 글자를 써놓았습니다. 그 글자는 찾고자 하는 사람에게만, 읽고자 하는 사람에게만 보입니다. 그 페이지들을 찾아 읽는 일을 계속하고자 합니다.

지금은 그 페이지의 글자를 잘 읽어냈다고 상을 주기도 하는 세상입니다. 그렇지만 보이는 글자를 보인다고 말하면 안 되는 시절이 길었습니다. 그 시절 글을 쓰고 발표한 선배 문인들이 계셨기에 오늘의 이 자리가 있습니다. 그 시절 위험과 두려움을 무릅쓰고 유해를 찾으러 기록을 찾으러 다닌 유족들이 계셨기에 이 자리가 있습니다.

이제 우리 다함께 4·3을 읽고 싶습니다. 처음부터 차근차근이 어렵다면 맨 뒤페이지에서 시작해도 됩니다. 거꾸로 읽다가 맨 처음으로 가도 됩니다. 한 페이지에 오래 머물러도 됩니다. 그 일을 이제 다함께 하고 싶습니다. 다함께 읽으면 시작은 끝이 되고 끝은 또 시작이 될 것입니다.

역경과 고난에 굴하지 않고 4·3의 진실을 알리고 4·3의 증거를 찾는 노력을 하신 분들을 깊이 존경합니다. 4·3의 희생자와 유족에게 진심을 다해 위로의 말을 드리고 싶습니다. 그 일을 문학으로 시로 소설로 하겠습니다.

「폭포」를 뽑아주신 김사인 심사위원님, 이문재 심사위원님, 안도현 심사위원님 고맙습니다.

유수진

유수진

제주4·3평화문학상은 공모주제를 미리 제시하고 작품을 모집하는 문학상이다. '4·3의 진실, 인류의 보편적 가치인 평화와 인권'이 그것이다. 이에 따라 창작자들은 제주4·3의 역사성에 기반을 둔 미래지향적인 가치를 언어로 형상화하려고 궁리를 하게 된다. 사실 창작자의 입장에서 보면 소재를 선택하고 작품의 밑그림을 그리는 일에서부터 사전에 미리 제시된 주제로부터 자유롭지 못한 게 사실이다. 주제에 매달리면 문학성을 의심받고 주제로부터 멀어지면 진정성을 의심받게 되므로.

시는 어떤 정답을 그대로 드러내는 양식이 아니라 정답을 숨기면서 정답에 근접하는 양식이다. 그것이 설사 옳다 할지라도 4·3이라는 사건을 도식적으로 표현하는 작품은 읽기가 거북했다. 민간인 희생의 현장을 배경으로 하고 제주 방언을 몇 차용한다고 해서 4·3이 문학적으로 완성되는 건 아니다. 시는 그 매너리즘을 넘어서서 인식의 새 지평을 제시해야 할 의무가 있다. 올해 10회째를 맞은 이 문학상이 더욱 권위 있는 문학상으로 자리 잡으려면 줄곧 희생자의 입장에서 현실을 드러내던 방식을 이제는 좀 수정을 해야 하지 않을까? 희생자의 상처와 고통을 직접적으로 토로하는 방식은 수없이 봐왔다. 가해자의 입장, 가해자의 반성과 자기 극복의 관점을 보여주는 시는 어찌해서 단 한 편도 만날 수 없는가? 역사적 사실과 시적 심미성은 별개가 아니다. 4·3은 상처를 추념하는 예술이 돌파하기 어려운 굴레이기도 하다. 그렇기에 4·3이 인류의 보편적인 공감을 획득하는 차원으로 나아가기 위해서는 시적 상상력의 전복이 더욱 필요한 때이다.

우리는 31의「폭포」를 올해의 당선작으로 선정하는 데 합의했다. 이 작품은 폭포라는 소재를 죽음과 대비하면서 역동적인 이미지를 구축하는 데 성공하고 있다. 후반부로 가면서 힘찬 긴장감이 더해지는 이 시는 폭포가 "그 옛날의 물줄기를 계속 끌어올리고 있다"는 인식으로 발전한다. 시인의 인식이 독자에게 충분히 전이되어 설득력을 얻는 지점이다. 이분은 제주에 경사가 많다는 점에 착안해 "삼십 도는/후회하기 좋은 경사인가"(「경사」) 묻기도 하고, 망자가 누운 관 속의 빈 공간을 "허방을 짚는 일"(「발끝의 사례」)로 파악하면서 유보를 통해 고통을 드러내는 방식에 능하다. 구문의 적절한 반복으로 시의 가독성을 높이고 있는 점도 좋게 보았다.

수상작과 함께 오래 검토한 73은 구어체적인 진술이 능숙했으나 4·3이라는 역사적 사실을 개괄하는 듯한 목소리가 아쉬웠다. 시에 각주를 지나치게 나열하고 있는 점도 거슬

유수진

렸다. 29는 시적 정황에 대한 실감 어린 묘사가 볼 만했으나 '작시(作詩)'의 의도가 그대로 노출되어 있었다. 본인의 유려한 목소리를 본인만의 방식으로 표현하는 길을 모색해보기 바란다.

2월 말의 제주는 '먹쿠슬낭'으로 부르는 멀구슬나무 열매가 가지마다 조롱조롱 매달려 있었다. 소리가 날 것 같았다.

심사위원: 김사인, 안도현, 이문재

한승엽 영남동

2023

제11회
제주4·3평화
문학상

2006년 《문학예술》로 등단.
천강문학상, 김만중문학상, 등대문학상 수상.
시집 『몰입의 서쪽』, 『별빛 극장』.
hansy911@hanmail.net

영남동

한라산 남쪽 아래 첫 마을

안개가 귀띔해준 얘기 때문에 옷깃을 여미고 있다

이윽고 무리 지어 올라오는 광기의 눈빛에도

머릿속은 말라버린 층계 밭에 갇혀 멈칫멈칫 헤매는데

악몽처럼 올레는 아찔한 소란에 어둑해지고

고막을 때리듯 문짝이 부서지더니 지붕이 활활 타올랐다

와들와들 울부짖는 불기둥, 신들린 것 같았다

기댈 벽도 없이

저절로 살아남을 수는 없었다

대물림할 수 없는 것들만 넋 나간 채 나뒹굴고

한 죽음이 또 다른 죽음의 눈을 감겨주는 찰나에도

우물에 갔다는 누이도 연기처럼 돌아오지 않아

숯검정을 쓴 채 정체 모를 벽에 휩싸여

검은 하늘이 지붕이고

잃어버린 번지수가 달빛에 걸려 있었다

그러나 서성거리는 우주의 끝에선

잠들지 않는 물소리가 흰 그늘로 길게 흘러가고

늦골로 빠져나간 바람까마귀가 대숲을 빙빙 돌다

기어이 지층을 깨우듯 울음을 터뜨리던

지상의 마지막 화전(火田)

거칠게 멍든 살갗이 바짝 곤두서고 있다
눈물이 아무것도 할 수 없다는 것을 처음 알았기에
허상의 벽과 벽을 지우며
상처가 아무는 자리에 피 울음의 뿌리라도 처연히 솟아
날까,
영영 폐족을 꿈꾸지 않았던 이름들
주름 깊은 웃음으로 기꺼이 밤길을 헤치고 돌아와
세상 한구석 어둠의 체위를 바꾸려고
서로 이마를 맞대 푸른 잎을 피워 올릴 것이다.

한승엽

빗개* 이후

산담 밑 구덩이에 소년의 눈만 반짝거렸다

흐느끼며 모여든 은신처는

너무 쉽게 잃어버린 집터의 슬픔을 달랠 순 없었다

마을을 완전히 지배해버린 횃불 때문에

오름에 올라 멀어진 곳을 뚫어지게 응시할 때마다

머리 위로 새들이 조롱하듯 날아가고

바람의 각도가 예상을 빗나가면

억새들의 엇갈린 꿈이 고립되기도 했다

간밤엔 설핏 잠들어 팽나무에 매달아 놓은

검은 물체의 표정이 서쪽으로 흘러가는 걸 보았다

어둠을 등지고 누군가가 건네준 말이

아주 오랜 방식으로 용서라고 믿어야 하는데

하늘은 나무우듬지에도 내려오지 않아 서먹했다

무덤처럼 이승을 망보며 숨어 있는 곳

아무에게도 보여줄 수 없는 마음이 그런 것이라면

접신(接神)한 세상 끝에서 습격하듯 거칠게 밀려오고

더 이상 물러날 수 없는 핏자국이

너무 아프고 무서워서 허공의 뺨을 문지르자

한 줌 재가 재를 부르며 당신을 바라본다

볕을 자주 쬐지 못한 검은 얼굴의 눈

억새들의 밤새 젖은 눈

비바람의 눈, 모두가 유령처럼 보여

기구하고 초라하게 느껴지는데, 화들짝

어둠의 장막이 노루처럼 재빠르게 달아나고 있다

멀어지는 꽁무니에서

끝끝내 작별하지 않는 순간이 어른거리고

당신의 끈질긴 숨이 수선화 줄기로 버티며 올라온다

조용히 흔들리는 저 여린 몸

글썽거리며 노란 웃음을 터뜨리고 있다.

* 4·3 당시 '몸을 숨기고 망보던 소년'을 일컫는 말.

한승엽

빌레못굴에서의 성찰

굴(窟)이 자라듯이 자꾸만 깊어졌어요
어쩌면 섬의 이야기가 사라질 듯 이어졌겠죠

지금쯤 검은 길도 지쳤을까요,
어미 품에서 갓 떨어져 나온 어린 새가
억센 손에 잡혀 거친 돌에 내동댕이를 당하던 날의 핏물이
언덕 아래 연못가에 닿을지 몰라
흔들거리는 아지랑이가 꽃망울로 돋아날 것 같아요

내가 누구인지 숨겨야 할 때
몇 밤을 뜬눈으로 지새우면 한 자루 촛불이 되나요

때론 껴안고 싶지 않은 것들이 명치를 때리듯이
험한 미로가 불쑥불쑥 어룽거리면
날이 밝아도 발견되지 않기를 기다리다
이별할 마음도 없이 허구 같은 총구 때문에
설익은 이념은 쉽게 삼킬 수 없는 열매로 보이기도 해요

느닷없이 꺾인 나뭇가지는
사지가 저리는 환청으로 끝없이 달라붙고 있어요

햇빛을 통과하지 못한 가난한 입김의 얼굴들
갈 길 잃어 더 깊고 넓어졌다가 끝내 좁아지는 길에서
스멀스멀 반복처럼 내려앉는 어둠이 시작되면
온몸이 가려워 손톱으로 긁으며 처연히 바라보는
저 빈방이 하얗게 다가오는 이유를 누가 만들었나요

사람의 온기가 살아 있던 굴은 죄가 없듯이
아무도 숨죽인 오열의 행색을 몰라봐도
다시 처음으로 돌아가야 하는데, 태양은 둥그런가요
그곳은 만질 수도 없이 얼마나 먼 곳인가요.

한승엽

새별오름에게 듣다

어스름이 중산간 길을 다 지워버려도
우리 집 조랑말을 잡아끌며 떠나던 산사람들
취한 듯 비틀거리며 한 점 불빛 찾아 걸어갔을 것이다

음력 시월 열사흘 날, 아버진 순한 눈의 말을 되찾으려
고집스레 집을 나섰건만 어디에도 보이지 않고
우거진 가시덤불 사이로
깍지 낀 손들이 신기루 같은 하늘에게 운명을 조아리듯
어깨를 잔뜩 움츠리고 있었다

이체할 수도 없는 시간의 들길을 다시 걷는다,
드문드문 말똥은 보이는데
아버지 발자국 소리는 귓전으로도 흘러들어오지 않고
행여나 억새가 겨드랑이를 간지럼 태우고 있는
오름에 오르지 않았을까 해서 걸음을 재촉하자
가끔은 돌변하듯 가파른 길에서
낡은 등산화를 신은 중년 사내 서넛이
검붉은 얼굴로 내려오고 있다
딱 한 잔 마셨다는 그들의 취기로 눈앞이 흐릿하고

정상에서 사방을 샅샅이 휘둘러보아도
간담이 서늘하여 숨어 살던 움막의 터는 갈아엎어진 채
정지된 화면처럼 부드러운 곡선의 말들은
시퍼렇던 세월의 풀을 뜯고 있다
분명 살아 있었던 것들, 그 하룻밤에 죄를 씌우던
불편함이 먼바다로 밀려나는 것을 황망히 바라보다
등 돌리는데 물집 잡힌 발가락이 아리다

낯부끄러워 비탈에 기대어 섰던 소년이 고개를 든다
슬며시 터져버리는 저 초저녁 별빛,
마음을 추스르라는 말처럼 소곤소곤 들려왔다.

한승엽

그 바람에 볼레낭*

겨우 숨 쉬는 그 바람에 물기가 묻어 있네요,

마른침 삼키자 날아오른 장끼 한 마리

통제할 수 없는 슬픔의 시간으로 뒤덮인

저편 수풀에서 잠잠했지만

저항하듯 발갛게 물들이고 싶은 것들이 떨며 훌쩍거려요,

그때 너덜너덜한 옷을 걸친 사내가

핏물에 젖은 사내를 어깨에 둘러메어 뛰고

버틸 수 없어 떠밀려 올라온 중산간 어디쯤에서

죽음의 문턱은 매일매일 닳아 없어지고

연기 속에 뿔뿔이 흩어지던 가족들의 생사는 알 수가 없어

때 묻지 않은 유년을 가로막은 험지에서도

볼레낭은 기적처럼 이웃 풍경이 되어

은백색 가지에 연노랗게 꽃을 피우더니

스스로 입을 꿰매버린 이파리는 위태롭게 흔들리고

불그스름하게 더 진한 빛으로 익어버린 열매

입막음용으로는 너무 씁쓸하게 달아, 벌써

첫서리가 내릴 조짐이 보여요,

내쫓긴 자를 집요하게 뒤쫓는 것이 죽음인 까닭에

그늘과 어둠이 만나 더 스산해지고

먹구름이 제풀에 지쳐 주저앉을 때까지

경련을 일으키던 비명의 순간을 휘이휘이 풀어헤치며

비무장이었던 사람들이 목비(木碑)로 걸어 나와

아무도 입을 열지 않았지만

모진 운명처럼 흘러내리는 그 무엇이

까마득한 뒤편에서 들끓다 머뭇거리는 한 사내의 콧등을

참을 수 없이 콕콕 찔러대요,

볼레낭이 먼 길 떠나듯 보리알만 한 열매가 선명해요,

오늘은 누군가가 다시 태어날 것 같아요.

* '보리수나무'의 제주어.

한승엽

창꼼바위* 너머

나는 작은 창(窓)으로 살았네
하찮은 갯바위로 태어나 신의 능력 때문인지
내 몸에 구멍이 생길 때까지
그 순간의 꿈을 누가 받아들일 수 있을까,
불(火)의 끝판이라는 환상도 잠시
자꾸만 공포의 밤이 찾아오고
늙어버린 갈대가 아무것도 알지 못하여
까막눈 신세를 허망하게 늘어놓을 때
어랭이**가 유영하며 노닐던 곳 너머
국민학교 운동장으로 끌려가는 긴 그림자가 펄럭이고
물안개 가득 차오른 무거운 공기에
설마, 라는 의문이 다시 구멍을 뚫으며 쏟아졌는데
거무죽죽한 얼굴들은
부르튼 입술에 피딱지가 앉아 있고
밀어닥친 단장(斷腸)에 등골이 오싹해도
아무도 먼저 울음을 터트리지 않는 놀라움에 더 놀라
피범벅 옷이 꽃으로 필 때까지
내가 본 것은 아무것도 없다네
설령 봤다고 치더라도
몸 사리던 들풀도 얼굴 감싸며 돌아누웠겠지

어제의 무서운 속셈에

아침을 준비하던 삶의 궁색이 탄피처럼 흩어지고

어랭이, 네 운은 어디까지일까,

모순의 시간을 뒤집으며 구멍엔 눈물 고이고

앞바다의 다려도가 최후의 진술을 하려고 꿈틀대는데

어린 햇발이 성호를 긋자

한참을 주저하던 시든 해국(海菊)이

구멍의 바람을 맞이하듯 옅은 미소를 짓고 있었지.

* 제주 북촌에 있는 창(窓)처럼 구멍 난 바위.
** '황놀래기'의 제주어.

한승엽

매듭

정지* 구석 녹슨 못에 무명실이 묶여 있었다

누군가가 살았었다는 자리

흰 연기 검은 그을음으로 덧칠한 흙벽은 먼 데서 왔을까

온다는 것은 얽히고설킨 타래의 이야기가

어딘가로 흐르고 싶어 몸부림치는 것과 같다

말라버린 두 눈으로 한 글자도 쓸 수도 없이

결국, 허옇게 드러난 길고 긴 건천(乾川)

탕탕탕! 허공에 쏘아 올린 붉은빛은

엎드린 자갈들의 숫자만 머릿속으로 세고 있었고

한쪽으로 치우치던 나무들의 저항은

살아있음을 경고하는 상처였을까,

매일 아궁이에 불 때며

속으론 끝없이 자신의 이름을 외쳐보다가

저도 사람입니다, 라는 상상은 늘 바스락거리고

때 이른 폭우에 휘말려

돌이킬 수 없는 생이 철철 흘러갈 때도

매달린 채 묶여 있었다는 사실을 망각한 사람일지라도

끝도 보이지 않게 엮이고

어딘가에 시작이 있을 거라고 믿었던 흥건한 생각이

산지물 지나 주정공장에서도

다시 꼬이고 엉키고 끊어지다가 또다시 묶여
나약한 육신처럼 차가운 바다로 떠날 때
예언할 수도 없이 조금씩 허물어졌을 흙벽 앞에서
가까워지는 거짓 때문에 불안이 튀어나와도
홀로 대화를 나누던 매듭의 시간
묶인 채 나풀거리며 날 듯이 풀어지고 있다,
뒤뜰엔 수많은 손가락이 가닥가닥 뿌리로 움트고
잠자던 돌담을 일깨우듯
새들의 날갯짓 소리가 맑게 피어났다.

* 부엌.

한승엽

길을 걸었습니다. 또 걷고 걷다 당선 소식을 전해 들었는데, 문득 뒤돌아보니 75년 세월의 흔적이 어렴풋이 보였습니다.

어렵게 묻고 물어 찾아든 애월 중산간의 빌레못굴은 철문으로 꽉 닫혀 있었습니다. 저것이 그 지독한 침묵이었을까라는 생각이 들었을 때 주변의 황량함에 더 당황스럽고 놀랐습니다. 지금 무엇을 보고 있는지 막막하기만 했습니다. 내려오는 길에서 만난 연못은 이제야 말을 할 수 있다는 듯이 환하게 찰랑거렸습니다.

다시 정처 없이 걷는 길. 무엇인가 자꾸 뒤따라오는 느낌에 두리번거리는데 숲속에서 반짝거리는 게 보였습니다.

중산간에서 밤이건 낮이건 망을 보던 소년, 즉 빗개였습니다. 그 티 없이 맑고 꿈 많은 눈빛들 말입니다. 하지만 그 억울한 고통을 헤아릴 수 없는 이 현실이 갑갑하기만 했습니다. 다들 어디로 갔을까. 가만히 가시덤불 속을 멍하니 바라보는데 고사리 하나 움트고 있었습니다. 혹시 그날의 혼이 아닐까 하는 의문이 들기도 했습니다. 아니 어딘가에 야생화로 살고 있을지도 모릅니다.

밥을 짓는 연기처럼 사라져버린 영남동은 그야말로 상상의 마을이 되어버렸습니다. 물 좋던 우물가는 무고한 사람들이 살던 이야기가 흐르고 있을 겁니다. 그러나 문학이 할 수 있는 상상력이 역사적 비극을 맞닥뜨렸을 때 감히 표현할 수 없는 한계의 체험을 겪으며 많이 절망하고 울기도 했습니다. 4·3은 이렇듯 무겁고 힘든 주제였습니다.

그래서 그 역사의 현장을 누비며 기록을 해온 여러 관련 기관의 선배님들을 존경할 뿐입니다. 이제 그 기록들이 세계에 널리 알려져 4·3은 곧 제주이고 평화의 상징으로 자리매김하길 기원하겠습니다.

그리고 오늘 이 순간은 저에겐 반성을 재촉하는 의미 있는 자리라고 여겨지는데, 부족한 글을 선정해주신 시인이자 문학평론가이신 김병택 교수님과 김사인, 박철 심사위원님께 고개 숙여 감사의 마음을 전합니다. 거듭 감사드립니다.

한승엽

꿈인 듯 다녀간 팬데믹의 재난이 수그러들었다 해도 우리
는 아직 전대미문의 그 미몽에서 헤쳐 나오지 못하고 있습
니다. 후유증을 영원히 안고 가야 할 이런 큰 시련 후에는
단단해지기보다 제 살 일이 급해 오히려 의기와 공동체의
중요성도 상실되기 마련입니다. 이런 바에 '혈연공동체'가
급격히 약화되고 '친연공동체'의 시대가 도래한 것 역시 어
쩌면 자연스러운 일인지도 모르겠습니다. 올바른 역사인식
과 더불어 문학의 힘이 절실한 이유입니다.

매년 이어지고 있는 제주4·3평화문학상에 임하는 모든 이
들의 생각이 이와 다르지 않다 믿습니다. 벅찬 듯 보이던 제
주4·3평화문학상의 이력이 벌써 열한 해째에 이르러 심사
위원들 사이에서도 자연스레 합의되는 바가 있었습니다.

그동안 4·3항쟁의 기록과 실상이 적잖이 축적되었고, 문
학상 자체가 확고한 위상을 마련한 이즈음에 동어반복의 순
환에서 진일보하자는 인식이 언급되었습니다. 응모요강에
서 강조하는 바, 4·3정신과 인류의 보편적 가치인 평화와 인

권을 깊이 새기면서, 문학적 형상화와 소박한 안목도 세심히 살핌으로써 보다 단단한 제주4·3평화문학상이 되기를 소망했습니다.

여타 문학상과 달리 큰 주제가 주어진 응모에는 그만큼 제약과 자기검열이 따르기 마련입니다. 그럼에도 매해 늘어나는 응모작과 고른 수준을 대하면 미래가 유래에 닿아 있다는 것이 상식이며 우리 모두 담당해야 할 책무임이 분명합니다.

본심에 올라온 여덟 분의 작품을 읽어내고 한 작품을 선정한다는 것은 매우 까다로운 일이었습니다. 우선 대상작 모두 상이한 제 목소리들을 내고 있었고 심사위원들 성향 또한 제각각이라 한 가지 결론을 낸다는 것은 쉽지 않은 일입니다. 무기명 일련번호로 호출된 여덟 분을 우선 네 분으로 줄이고, 거기서 다시 두 분을 논의하는 과정이 만만치 않았습니다.

그러나 열 편의 시는 한 사람의 문학적 역량을 헤아리기에 어느 정도 충분한 양입니다. 모두 뛰어난 가작이라 할 순 없어도 일관된 정서와 성취를 발견할 수 있어 논의 끝에 응모작 「영남동」을 수상작으로 선정하였습니다.

깊고, 무게감과 완성도가 돋보였으며 직설적 화법을 피하면서도 4·3의 현실이 생동감 있게 상기되고 있다는 점이 높은 평가를 받았습니다. 영남동은 한라산 중산간 마을로 토벌대의 초토화 작전에 의해 지금은 사라진 지명입니다. '안개가 귀띔해준 얘기'로 제주 남향 첫 마을엔 4·3의 현실이

한승엽

길게 펼쳐지며, 그것이 '지상의 마지막 화전'이길 바라는 슬픈 소망이 되고, '세상 한구석 어둠의 체위를 바꾸려고/ 서로 이마를 맞대 푸른 잎을 피워 올릴' 다짐으로 이어집니다. 지금은 부재한 지명을 복원시키며 4·3의 정신과 미래가 맞닿아 있다 할 수 있습니다.

해를 거듭하며 응모작이 크게 늘어나는 것은 역시, 하면서도 다소 놀라운 일입니다. 그만큼 4·3 항쟁이 우리 현대사의 아픔에 그치지 않고 인류 보편적 지향을 함유한 세계사적 사건임에 틀림없는 증거라 하겠습니다. 팬데믹의 대재앙이 극복되는 듯하지만 거듭될 인류의 시련을 떠올리면 문학의 길 역시 새롭게 다짐을 해야만 합니다.

다른 분들의 작품 「북받친밭」, 「다랑쉬마을」, 「실비디움 엔시폴리움」, 「폭낭의 이름으로」도 깊은 인상을 주는 시들이었습니다. 다만 전체적으로 작품들의 기복이 심한 점, 모호성을 극복 못 한 부분, 능숙하기는 하나 부족한 신선함, 토속어와 지명의 부적절한 남용, 과한 한자어 사용, 서정이 뛰어나나 너무 소품들인 점 등 다소의 아쉬움으로 다음을 기약하게 되신 그분들께도 큰 응원의 박수를 보냅니다.

심사위원: 김병택, 김사인, 박철

제주4·3평화문학상
수상 시집(제1회~제11회)

2023년 10월 31일 초판 1쇄 발행

지은이	현태훈, 박은영, 최은묵, 김 산, 박재우, 정찬일,
	김병심, 변희수, 김형로, 유수진, 한승엽
기획	제주4·3평화재단
펴낸이	김영훈
편집	김지희
디자인	부건영
편집부	이은아, 강은미, 김영훈
펴낸곳	한그루
	제주특별자치도 제주시 복지로1길 21
	전화 064-723-7580 전송 064-753-7580
	전자우편 onetreebook@daum.net
	누리방 onetreebook.com

ISBN 979-11-6867-125-6 (03810)

값 15,000원